Ma Violente Valentine
Une histoire érotique captivante
qui plonge le lecteur dans un
monde sombre et intriguant

Père Lolo

MA VIOLENTE VALENTINE

First edition. May 11, 2024.

Copyright © 2024 Père Lolo.

ISBN: 979-8224352951

Written by Père Lolo.

Also by Père Lolo

Échos de passion
Une épouse pour un milliardaire
Le Passager Clandestin
Mauvais avec l'amour
Steve du Nouvel An
Ma Violente Valentine

"Ma Violente Valentine" est un thriller captivant qui plonge le lecteur dans un monde sombre et intriguant.

L'histoire suit un couple, Brian et le narrateur sans nom, alors qu'ils naviguent dans leur routine matinale, révélant des indices sur leur relation inhabituelle et potentiellement dangereuse. L'humour sarcastique et l'obsession de Brian pour le film "Un jour sans fin" ajoutent une touche intrigante à l'histoire, suggérant que leur vie pourrait être une série de modèles complexes.

Alors que l'histoire se concentre sur leur routine matinale et leur fascination partagée pour la prédiction du jour de la marmotte, il y a un sentiment sous-jacent de danger et de mystère, laissant les lecteurs intrigués et désireux d'en savoir plus sur ce couple intrigant et leur histoire violente.

PROLOGUE

MINA

6h du matin Jour de la marmotte.

L'alarme retentit et je me retourne pour l'éteindre. Brian a enfin commencé à le régler, et maintenant j'aurais aimé ne jamais lui demander car il se lève apparemment à une heure stupide avant même qu'il fasse jour dehors. Qui fait ça ? Je veux dire en plus de toutes les personnes normales ayant un travail normal dans le monde réel. Quoi qu'il en soit, je maintiens l'idée que personne ne devrait jamais se lever aussi tôt, sauf par la force. Surtout en hiver.

De plus, pourquoi les couvertures sont-elles tellement plus confortables après avoir été enveloppées pendant des heures ? C'est tellement injuste. Ce monde pourrait être l'enfer.

Le bras de Brian s'enroule autour de ma taille alors qu'il se blottit plus près de moi. "N'oublie pas tes bottines car il fait froid dehors aujourd'hui", dit-il en déposant un baiser sur le côté de ma gorge, juste au-dessus de mon col.

« Il fait froid tous les jours », je réponds.

Il rit juste contre mes cheveux. Fait amusant à propos de Brian : d'une manière ou d'une autre, ce tueur sociopathe froid connaît chaque réplique du film Groundhog Day.

Il s'assied et attrape la télécommande sur la table d'appoint pour allumer la télé. Je n'arrive pas à croire qu'il se souvienne même du jour de la marmotte. Quel fonctionnement mental interne pourrait expliquer le fait de se réveiller chaque jour instantanément et de savoir quel jour on est ? Je suis sûr que c'est un trait de tueur en série.

« Découvrons ce que le petit rat des forêts a à dire sur notre avenir », dit Brian.

"Je pensais que tu ne croyais pas au destin," gémis-je en ramenant les couvertures sur ma tête.

"Je le fais quand il s'agit de météo."

Brian le tourne vers la station météo locale où ils diffusent le bulletin météo de Punxsutawney, en Pennsylvanie. Après la sortie du film, cette petite ville pauvre a été inondée de touristes et elle semble ne faire que s'agrandir chaque année. Cela me semble bizarre. Je veux dire, qui a envie de voyager dans tout ce froid et cette neige juste pour regarder un rongeur prévoir la météo ? Là encore, les gens voyagent pour se démarquer dans le froid, entourés de millions de personnes et comptent à rebours jusqu'à une seconde de vacances en couches pour adultes. Les gens ont d'étranges fascinations.

Il est bien trop tôt le matin pour ça. Il doit faire encore nuit là-bas. Nous observons tous les deux que six semaines supplémentaires d'hiver sont prévues, et je suis sûr que c'est l'émission télévisée de l'année dernière. C'est peut-être une journée d'information lente. Il y a une blonde que je jure reconnaître dans un sweat-shirt fuchsia odieusement bruyant.

« Vous savez, je pense que le début du printemps est en fait dans six semaines ? » » dit Brian sur le ton de la conversation en se tournant vers moi.

"Je le jure, si vous citez une autre réplique de ce film..."

Mais avant que je puisse formuler une menace appropriée, Brian dit: "Si cet étage n'était pas si froid et que les armes n'étaient pas à tant de pas, Je filmerais la télé en ce moment pour cette foutue prédiction.

"D'accord, Elvis," dis-je. "Tu n'étais pas obligé de le regarder."

Brian grogne à moitié alors qu'il se lève et commence à s'habiller.

Mais ensuite, le gars de la chaîne d'information locale arrive et dit : « C'était la prédiction de l'année dernière. Restez à l'écoute pour la diffusion en direct des prévisions de cette année à sept heures trente, heure de l'Est.

Je le savais!

Brian lève les yeux au ciel face à cette fausse déclaration. C'est l'une des choses déconcertantes de se réveiller dans une pièce souterraine sans fenêtre. Même si nous savons tous les deux intellectuellement que six heures du matin est bien trop tôt pour qu'une marmotte voie une ombre théorique, nous sommes plus disposés à croire la télévision lorsque nous n'avons aucun autre signal de lumière du jour.

« Pouvons-nous négocier au sujet de cette alarme ? » Je dis. "Tu as une alarme interne, et je ne savais pas que tu te lèverais tous les jours à l'heure du Vampire Coffin."

« C'est quoi, ce bordel de vampire ? »

"Tu sais... le temps dont les vampires ont besoin pour être dans leur cercueil juste pour être en sécurité."

"Vous avez inventé ça."

"Je n'ai pas." D'accord, je l'ai vraiment fait, mais ma logique est solide.

« Je vais aller courir », dit-il. « Et non, vous avez demandé l'alarme, vous recevez l'alarme. Regardez le bon côté des choses, au moins vous ne manquerez plus le petit-déjeuner. »

Je soupire. J'adore le petit-déjeuner.

Quand Brian remonte à l'étage, je me terre sous les couvertures et me rendors à nouveau. Je me réveille en sursaut et me tourne vers l'horloge pour m'assurer que je n'ai pas manqué le petit-déjeuner et laisse échapper un soupir de soulagement quand j'apprends qu'il n'est que neuf heures trente. Seulement neuf heures trente en plein hiver.

Super.

Je veux juste hiberner pendant toute cette épreuve. Je n'ai pas été conçu pour l'hiver et je n'en profite absolument pas. Même la neige. Je peux regarder la neige à la télé, merci beaucoup. Je n'ai pas besoin d'être dans une toundra arctique pour vivre cette expérience magique.

Je me précipite dans le lit pour trouver une note de la main de Brian. On y lit : « Six semaines supplémentaires, Killer. »

Cette putain de marmotte. J'ai recherché, et la marmotte n'a prédit le début du printemps que vingt et une fois depuis 1886, date à laquelle cette tradition ridicule a commencé.

Brian a dû capter le véritable pronostic météo de la marmotte pendant que je dormais. Au moins, il n'y a pas d'impact de balle dans la télévision. J'admire ce niveau de retenue chez un homme.

1

BRIAN

J'aime avoir un emploi du temps. Une routine matinale solide. Il existe deux types de personnes dans ce monde qui ont une solide routine : les influenceurs des réseaux sociaux... et les tueurs en série.

Mais je ne me considère pas vraiment comme un tueur en série. Les tueurs en série ne sont pas assez ambitieux. Je veux dire, pourquoi ne pas monétiser votre passion ? Pourquoi vivre dans une caravane dans les bois, entouré de beaucoup trop de taxidermie, quand vous pouvez bien vivre et gagner beaucoup d'argent grâce à votre soif de sang naturelle ?

Je comprends... parfois nous avons un « type » et un rituel au niveau du TOC, mais faisons appel à une thérapie cognitivo-comportementale... et évoluez. Vous gagnez plus d'argent de cette façon. Si je tuais seulement des femmes qui me ressemblaient ou me rappelaient Linda, je n'aurais pas la belle vie que j'ai aujourd'hui.

Peut-être que je ne suis pas obsédé par le dernier créateur, mais la vérité est que j'aime les belles choses, peu importe à quel point je peux le refuser à moi-même et aux autres. Peut-être que je ne peux pas me résoudre à dépenser autant d'argent pour acheter une Patek Phillippe. Peut-être que j'essaie de me convaincre que la montre Longines à mon poignet était spécifiquement destinée à un travail et que je la porte uniquement comme un trophée. Ou peut-être que j'essaie de m'acclimater lentement à des choses plus agréables, ce qui est probablement plus proche de la vraie vérité.

Félicitez-moi pour ma conscience de soi croissante.

Je veux offrir à Mina de belles choses. Et Dieu sait que j'ai beaucoup d'argent dans les banques et dans les investissements partout dans le monde, d'autant plus que j'ai pu accepter des contrats de plus en plus élevés et que ma réputation s'est développée parmi les méchants et les moins recommandables. Alors pourquoi ne pas en utiliser une partie ? Pourquoi ne pas avoir de belles choses ? Dans le défilement mental sans fin de la liste des choses dont je crains que Mina ne se lasse un jour, sa découverte que mon « manque de matérialisme » est en réalité simplement dû à la paresse est maintenant sur cette liste. Et peut-être que je pense que si je commence à conduire une voiture plus sexy et à porter des vêtements plus jolis, je ressemblerai et me sentirai moins comme un animal sauvage. Alors peut-être que je me sentirai digne d'elle, et la peur profonde de la perdre un jour disparaîtra.

Chaque matin, je me lève à six heures du matin. En général, Mina dort encore à cette heure-là, du moins avant que j'exauce son souhait et que je déclenche l'alarme. Et je vous garantis qu'elle s'est rendormie dès mon départ.

En fait, j'aime bien qu'elle dort tard. Cela me permet de faire plus de choses et de prendre du temps pour moi. J'aime avoir un partenaire criminel, mais parfois j'aime planifier seul. J'aime courir seul sur le tapis roulant. J'aime penser seul. Je ne suis pas exactement le gars le plus social.

Alors je me lève à six heures, je fais une course rapide sur le tapis roulant, je redescends pour prendre une douche et m'habiller, et puis à sept heures trente tous les matins, je me trouve en face de la maison d'oncle Martin avec un grand café noir à emporter. espionner ce gamin pendant quinze minutes jusqu'à ce qu'il aille à l'école comme un putain de cinglé. C'est moi le cinglé, pas lui.

Je ne sais pas pourquoi la sécurité d'Aidan est devenue tout d'un coup ma principale préoccupation. Ce n'est pas naturel. J'ai vu une fois une vidéo en ligne sur un tigre mâle dont la compagne est morte, puis il a réussi à élever seul les petits jusqu'à l'âge adulte. Il les chercha et laissa la viande. Il les a protégés. Il est putain de parent. Les tigres mâles ne sont ni monogames ni paternels. Et pourtant, il était là, comme un connard pathétique en mal d'amour, traînant ces petits comme si c'était normal.

Je suis ce tigre mâle en ce moment. Cet enfant n'est même pas le mien, ni celui de Mina. Mais le fait qu'elle veuille que j'épargne sa vie s'est traduit d'une manière ou d'une autre dans mon cerveau par « Veille sur lui jusqu'à ce qu'il atteigne l'âge adulte et assure-toi qu'aucun mal ne lui arrive. Promets-moi, Brian ! »

C'est donc ma vie maintenant. Putain de super.

Je suis déchirée entre les actes civilisateurs de montres plus belles et de baby-sitting de harceleurs et le simple fait d'être l'animal sauvage que j'étais censé être.

Je me redresse en entendant la voix excitée d'Aidan, un enfant de six ans, provenant des appareils d'écoute que j'ai installés dans la cuisine. Cela me dérange qu'oncle Martin ne cherche jamais d'appareils d'écoute. Je veux le prendre à part et lui expliquer qu'on ne peut pas être la cheville ouvrière d'une entreprise criminelle sans balayer. Mais s'il balayait, je ne serais pas en mesure de m'engager dans ma routine matinale douteuse. Donc, je garde cette sagesse plus profonde pour moi.

"Je prépare une Saint-Valentin spéciale pour Madison Prescott", annonce Aidan. "C'est la plus belle fille du monde !"

Je pense que c'est le gamin le plus heureux que j'aie jamais vu.

«Mange tes céréales», dit oncle Martin, et j'entends le claquement du journal.

Martin est une relique d'un monde qui lit encore des journaux physiques. Il aime casser les pages et se mettre de l'encre noire sur les mains. C'est un homme qui a besoin de ce rituel physique avec son bacon, ses œufs et son café le matin.

"Je vais épouser cette fille", dit Aidan d'un ton rêveur autour des bouchées de céréales sucrées qu'il y a dans son bol. "Elle a des cheveux dorés ondulés et elle ressemble à une princesse féerique."

Oncle Martin émet ce que je ne peux décrire que comme un son sceptique.

"Oh, et pour la fête, j'ai sorti des cupcakes du bol."

"Hein?" Oncle Martin semble aussi confus que moi en ce moment.

"Le bol. Le bocal à poisson vide ! Il dit cela comme si comprendre ce qu'un bocal à poisson vide avait à voir avec tout cela était une chose évidente que tout le monde devrait savoir.

Il y a une longue pause pendant laquelle le cerveau de l'oncle Martin pourrait s'effondrer sur lui-même.

"Ici", dit Aidan, l'air exaspéré. "Tout est écrit ici."

Je ne peux qu'imaginer l'enfant en train de pousser des papiers à son oncle puisque je n'obtiens aucun visuel réel de l'intérieur de la maison. Un bug est une chose, installer des caméras est un tout autre niveau de logistique.

Aidan continue : « Quoi qu'il en soit... il y avait des morceaux de papier rose pliés dans ce bocal à poissons, et nous avons chacun pu en dessiner un pour voir ce que nous apportions à la fête en plus de nos cadeaux de Saint-Valentin. J'ai dessiné des cupcakes. Je dois donc apporter des cupcakes. Et j'ai besoin qu'ils soient en chocolat avec un glaçage rose parce que tout le monde aime le chocolat, et je ne veux pas être le perdant qui apporte de la vanille. Et Madison aime aussi le rose. Oh, et il doit y avoir des pépites. Et nous devons les acheter à la bonne boulangerie. Si vous les faites, ils seront mauvais, et ceux des épiceries ne sont pas bons non plus.

Je suis étonné que ce gamin soit un tel connaisseur de cupcakes, mais il est clair qu'il a réfléchi à tout cela. Il doit vraiment aimer cette fille.

« Tu dois apporter tout ça pour la Saint-Valentin ? » » demande l'oncle Martin.

« Non, la fête a lieu le 11. Vendredi. Lire!"

« Pourquoi pas la Saint-Valentin ? C'est aussi un jour d'école.

"Mme. Schroder a dit que les enfants pourraient oublier lundi et que nous serons trop excités le reste de la semaine. Elle veut le faire vendredi pour que nous puissions nous débarrasser des mouvements pendant le week-end.

J'ai failli cracher mon café alors qu'il cite son raisonnement.

«Ses amis l'appellent Maddie. Je pense que c'est tellement cool. Elle est tellement cool », dit Aidan, revenant à la poésie sur toutes les vertus de Madison.

Martin soupire. « Je ne m'attacherais pas trop aux filles. Ils vous briseront le cœur. Et ils constituent un handicap.

"Qu'est-ce qu'un mensonge ?" » demande-t-il, et je peux presque voir son nez se froncer de confusion.

« Cela signifie qu'ils ne sont pas bons. Ils causeront des ennuis et de la douleur. Reste libre. Soyez célibataire comme votre oncle intelligent.

Je suis presque sûr qu'il fait référence à lui-même. Oncle Martin ne s'est jamais marié, il a donc une femme de ménage qui cuisine aussi pour eux. Je suppose qu'il a fait les calculs et a pensé qu'embaucher une femme était moins cher que d'en épouser une pour une servitude domestique gratuite. Et vraiment, les calculs sont vérifiés.

«Eh bien, je vais l'épouser. Et nous verrons tout cela », dit Aidan. Et c'est la fin de cette conversation.

« Dépêchez-vous, vous allez rater votre bus », dit Martin.

Et comme par magie, je vois le bus scolaire tourner au coin et descendre la rue. Un instant plus tard, il y a des mouvements et des cliquetis, et un Aidan heureux sort par la porte d'entrée avec son cartable. Baxter le suit dehors, remuant la queue.

Le golden retriever et moi-même le regardons monter dans le bus scolaire, s'asseoir avec un autre enfant et le bus recommence à bouger. Depuis qu'il est avec oncle Martin, il est dans une autre école. La maison de Martin se trouve dans un meilleur quartier scolaire. Il semble se faire des amis, ce qui constitue une amélioration par rapport à la dernière configuration.

Oh mon Dieu, tire-moi dessus maintenant. Je n'ai pas besoin de connaître tous ces faits sur cet enfant. Mais bien sûr, je trouverai un moyen de me cacher et d'apprendre ce qui se passe lors de cette fête de Saint-Valentin. Je dois vérifier ce petit Madison.

Lorsque le bus scolaire est passé, je démarre ma voiture et m'arrête dans un restaurant local pour prendre un bon petit-déjeuner : un steak T-bone mi-saignant, des pommes de terre rissolées, des œufs au plat et encore du café. Pendant que j'attends ma nourriture, je lis un journal imprimé à l'ancienne. Martin n'est pas le seul à avoir ce fétiche. Une télévision suspendue au-dessus du comptoir diffuse le reportage de

Punxsutawney. J'ai raté le livestream officiel, mais ils le rejouent, me permettant de connaître mon destin hivernal. D'une marmotte. Peut-être que je suis superstitieux.

Une fois que j'ai vu la marmotte et que j'ai fini de petit-déjeuner, je retourne à la maison et trouve Mina encore endormie. Pas de surprise là-bas. Je lui laisse un mot et remonte à l'étage.

2

MINA

Je soupire en lisant le message de Brian. Je veux dire, je sais qu'une marmotte ne peut pas réellement prédire le temps qu'il fera, mais pour qu'une créature de la forêt nous dise d'abandonner tout espoir d'un printemps précoce... c'est tout simplement trop pour moi en ce moment.

Il n'y a aucun signe de Brian, donc je suppose qu'il vit sa vie à la surface en ce moment. Habituellement, s'il punit quelqu'un dans le donjon, j'entends les cris. Il est probablement préférable que je ne réfléchisse pas trop aux raisons pour lesquelles cela ne me dérange pas autant qu'il le devrait. J'essaie de protéger les filles, mais si elles ne parviennent pas à acquérir certains de leurs propres instincts de conservation, je ne dispose que d'une quantité limitée d'énergie émotionnelle pour m'en soucier.

En gros, ils reçoivent tous une orientation sur la situation de Brian à leur arrivée, en partie pour éviter une autre situation à Shannon. Mais même avec les précautions de sécurité, tout le monde ne peut pas être sauvé.

Peut-être que j'ai eu plus froid, et ce n'est pas seulement le temps. Brian rend si facile de ne pas s'en soucier. Avec lui, je me trouve désormais complètement en dehors de l'ordre social, et la tentation de me déchaîner complètement est présente chaque jour. Je ne sais pas si la nature m'enlèvera un jour comme elle l'a fait à Brian, mais c'est une chute facile quand on sait que la seule personne qui compte pour vous ne vous jugera jamais pour ce que le reste de la société ferait.

Je suis un chaton en liberté à plus d'un titre. Il y a de la liberté là-dedans, mais aussi du danger. Jusqu'où je ne me reconnaîtrai plus du tout ?

Je n'ai toujours pas réussi à me sortir du lit. Au lieu de cela, je me penche sur le côté et fais glisser une élégante boîte noire par en dessous. Puis je panique un instant, pensant que je suis coincé comme ça. Mais je saisis les barreaux de la tête de lit d'une main et me hisse dans la sécurité d'une chaleur douillette.

Parfois, j'ai peur que Brian vienne ici pendant que je fais ça – pas les acrobaties, ni le truc dans la boîte. Je ne sais pas pourquoi je garde ça secret. Il ne me jugera pas pour avoir fait de mauvaises choses, mais il pourrait me juger pour la divination – malgré sa fixation sur la marmotte. Il semble tout simplement trop rationnel pour quelque chose comme ça. Je ne pense pas qu'il comprendrait vraiment.

Je soulève le couvercle noir finement sculpté et sors les cartes de tarot enveloppées dans de la soie grise. J'ai acheté la soie et la boîte. Les cartes sont le trophée que j'ai soulevé lorsque nous avons tué le propriétaire du magasin de costumes la veille de Noël. J'ai été soulagé de constater qu'aucune des cartes ne manquait ou n'était oubliée. Cela m'avait inquiété pendant tout le chemin du retour à la maison.

Quand je les ai récupérés cette nuit-là alors que la pièce du fond prenait feu, j'ai heureusement réussi à tous les récupérer.

La plupart d'entre eux étaient intacts et propres, mais quelques-uns portaient des éclaboussures de sang provenant de Benjamin. Je les ai nettoyés du mieux que j'ai pu, mais vous ne pouvez pas faire grand-chose pour éliminer le sang des cartes de tarot. J'espère que cela n'affecte pas mes lectures. Au moins avec les fonds noirs, ce n'est pas si visible, et les quelques cartes endommagées n'impactent pas la beauté globale du jeu.

Si Brian savait que j'ai pris ces cartes et qu'elles sont couvertes de sang, il serait probablement fier du trophée de haute qualité que j'ai réussi à acquérir, à condition qu'il ne s'agisse que d'un trophée. Mais j'ai appris à les lire. Je ne sais pas si je crois en tout cela, mais la lecture du réveillon de Noël plane toujours sur moi, un nuage de pluie sombre plein d'effroi et de malheur.

Les amoureux. Le diable. La tour.

Les amants, c'est nous, Brian et moi. Évidemment. Le Diable pourrait être l'un ou l'autre de nos côtés les plus sombres, ou les deux. Tentation. Vices. Vous le nommez. Je ne suis pas sûr de pouvoir supposer que c'est Brian. Il n'est plus le seul diable ici. La carte qui me dérange le plus est La Tour. J'ai regardé cette carte des milliers de fois, souhaitant qu'elle m'en dise plus. Tout cela est tellement vague. Mais c'est quelque chose de grand et quelque chose de mauvais.

Chaos. Destruction.

Encore une fois, si je crois même à tout cela, woo.

Est-ce métaphorique ? Littéral? Il n'y a aucun moyen de le savoir. Je n'ai pas assez d'expérience pour repérer les modèles.

Je mélange le jeu. Depuis Noël, je fais un tirage de carte chaque jour et je l'enregistre dans un petit carnet que je garde également à l'intérieur de la boîte avec un crayon. Je ne veux pas risquer qu'un stylo coule sur les cartes. Le sang suffit.

J'ai coupé le jeu et mon souffle s'est coupé lorsque je retourne la carte de la mort.

Encore.

Je sais que la carte de la mort ne signifie pas toujours la mort, et pas seulement parce que Benjamin Barker criait frénétiquement juste avant que Brian ne lui enfonce un couteau rituel dans la gorge. Toutes les sources que j'ai consultées disent la même chose. C'est une carte de transformation et implique généralement un grand changement. Mais je pense qu'il serait insensé de ne pas reconnaître l'éléphant dans la pièce : la mort est un grand changement.

Ma main tremble lorsque je sors le cahier et le crayon pour noter la carte du jour. Ensuite, je parcours la liste et compte le nombre de fois où j'ai tiré la carte de la mort depuis Noël.

Treize fois. Je prends une profonde inspiration en laissant cela pénétrer. J'ai tiré la treizième carte... treize fois. Peut-être que je crois au woo. Après tout, quelles sont les chances que quelqu'un tire une carte sur soixante-dix-huit options, treize fois sur quarante ?

Je mettrais les chances quelque part entre la licorne et le Père Noël.

Je regarde à nouveau la carte comme si elle pouvait flotter du lit et commence à me parler. La moitié du crâne est tachée du sang de Benjamin. Est-ce qu'il me hante d'outre-tombe ? Est-ce que cela veut dire quelque chose ? Ou est-ce une coïncidence ? Je ne peux tout simplement pas me débarrasser du sentiment que la carte est un avertissement.

J'entends des pas approcher et je me précipite pour remettre les cartes, mais avant de pouvoir les récupérer, toutes les portes s'ouvrent. Je les lâche et les cartes s'échappent de mes mains et se dispersent sur le lit.

"Désolé, je ne savais pas que tu étais toujours là", dit Gabe. Il détourne les yeux.

Je dors nue.

Je relève le drap pour me couvrir... pour lui, pas pour le mien. Je ne me soucie vraiment plus de la nudité. En plus, Gabe ne me ferait jamais de mal. Et si je me trompe, eh bien, je devrais simplement lui trancher la gorge et malheureusement mettre fin à sa Bromance et à celle de Brian.

Je suis fascinée par la liste de choses qui ne suscitent plus aucune réaction émotionnelle. Je devrais probablement m'en inquiéter davantage.

"Je suis couvert maintenant."

Il lève les yeux et je jure qu'il rougit. Un garçon si gentil.

"A-as-tu vu Brian?"

"Non. Et vous savez, peut-être que vous ne devriez pas faire irruption sans frapper. Nous aurions pu faire n'importe quoi ici.

"Je ne veux même pas savoir." Il baisse les yeux et ses yeux s'écarquillent lorsqu'il regarde les cartes de tarot dans un désordre chaotique sur le lit devant moi.

« Ne le dis pas à Brian », dis-je.

Il lève les mains en l'air. "Pas mes affaires."

Quand il part, je rassemble et enveloppe soigneusement les cartes dans la soie, je les remets dans la boîte et je la glisse sous le lit.

Je me lève, m'étire comme un chat et me regarde dans le grand miroir. Je me retourne pour regarder le mot « Mine » que Brian a gravé dans mon dos il y a presque un an. Je n'aime pas à quel point les cicatrices se sont estompées. Ils sont toujours très visibles, mais pas comme après qu'il l'ait fait pour la première fois.

Je prends une douche rapide et m'habille comme si j'allais tuer. Je ne le suis pas – du moins je ne le pense pas – mais je me sens comme du cuir noir aujourd'hui.

Quand je monte à l'étage, le buffet du petit-déjeuner est toujours en place. C'est la journée des fruits et des brioches à la cannelle. Il y a aussi des saucisses pour une raison quelconque. Peut-être qu'elle essaie de compenser le sucre et de nous protéger tous du diabète. C'est Phyllis, qui veille toujours sur nous. Sans les routines strictes de gym ici, j'aurais pris cinquante livres.

Je verse un café noir et prends un morceau de saucisse, un bol de myrtilles et un petit pain à la cannelle. Je m'assois à une table près de la porte coulissante en verre d'où je peux admirer le patio arrière. Une fois l'hiver vraiment arrivé, la prétention de garder la piscine chauffée a disparu. Personne ne sort pour nager par ce temps glacial. Même si la piscine était chaude, l'eau gelerait sous forme solide sur votre peau dès que vous en sortiriez.

On pourrait penser qu'ils couvriraient la piscine ou la videraient, mais non. C'est une couche de glace gelée. Ce n'est probablement pas gelé si profondément. Certainement pas assez pour faire du patin à glace, ce qui ferait presque que ce paysage infernal glacial et dystopique vaille la peine d'être réveillé chaque matin.

Je pense brièvement aux patins à glace et je fantasme sur la façon dont je pourrais en faire un kill. J'ai clairement une étrange fièvre de cabine.

Les autres filles regardent aussi tristement par la fenêtre la piscine gelée. Les oiseaux continuent de se poser dessus et de glisser sur la glace. Je sens le froid dans la pièce avant de me retourner pour voir Brian de l'autre côté de la cafétéria. Je le ressens toujours avant de le voir, et je ne suis pas le seul. Son énergie sombre et élégante pénètre dans une pièce bien avant lui. Il remplit une assiette avec rien d'autre que des saucisses.

Mmmm, des saucisses. Je regarde ses fesses pendant qu'il verse son café, puis il me rejoint à table.

« Vous avez assez de saucisses là-bas ? Je demande.

« Oh, j'ai plein de saucisses ici », dit-il, les insinuations étant épaisses dans la voix.

Je ris. « Ne me taquine pas. Il n'est même pas encore dix heures du matin. Je pensais que tu aurais déjà pris ton petit-déjeuner.

"Je l'ai fait. J'ai eu un dur travail. Je fais juste le plein de protéines.

Il regarde mon petit pain à la cannelle et je réalise soudain qu'il le veut. Brian a généralement une sainte maîtrise de lui-même lorsqu'il s'agit de sucre. J'arrache un morceau de pain à la cannelle, le glaçage chaud coulant sur mon doigt.

Ses pupilles se dilatent alors qu'il me regarde le mettre dans ma bouche et lécher le glaçage. Ensuite, j'en retire un autre morceau et je le lui propose.

"Je ne devrais vraiment pas..."

"Allez... vivre dangereusement pour une fois."

Il sourit et ouvre la bouche pour me laisser le nourrir. Je halete tandis que sa langue chaude tourbillonne et suce mon doigt pour prendre les derniers morceaux de glaçage.

"Maintenant, tu ne te sens pas mieux ?" Je demande.

Son regard se pose sur mon décolleté. "Pas même un peu."

"Quels sont tes plans pour aujourd'hui?"

«Je suis grand ouvert», dit-il.

"Hmmm. Retrouve-moi dans notre chambre dans trente minutes. Et ne sois pas en retard. Tu sais à quel point je déteste ça.

Je prends mon assiette et mon café et le laisse me regarder. Je sens aussi le regard des autres filles sur moi. Ma relation avec Brian fait l'objet de ragots et de spéculations sans fin à la maison, mais je suis sûr que notre table est suffisamment éloignée des autres pour que personne d'autre que nous n'entende notre conversation. Même s'il est possible qu'ils puissent encore détecter quelque chose – quelque chose qui pourrait me faire paraître moins que la « bonne fille » que je suis censé être avec Brian.

Il a peut-être refusé mon offre initiale pendant les vacances de prendre le contrôle en privé. Peut-être que c'était juste trop gros, trop formel. Quelles sont les règles? Quelles sont les limites ? Et si c'était trop ? Et si c'est trop peu ? Et si nous ne pouvons pas rentrer ?

Depuis, nous sommes progressivement passés à une version plus douce de mon offre initiale. Ça vient d'arriver. Cela a juste évolué.

Beaucoup de choses semblent évoluer.

3

BRIAN

Je jette un coup d'œil à ma montre avant de descendre. Une partie de moi veut punir Mina pour avoir contourné notre accord en dehors du donjon. Elle était discrète, mais ce n'est pas grave. Je ne suis pas sûr que même la meilleure performance d'acteur de chacun de nous puisse un jour changer qui a le vrai pouvoir ici.

Et même si je ne le savais pas à l'époque, elle l'avait depuis le moment où je l'ai vue pour la première fois – la nuit où j'ai apporté un plateau de nourriture à la femme endommagée et terrifiée dans la tour, la nuit où j'ai vu les monstres cicatrisés. très semblable à moi, laissé sur son dos. Tout le reste n'a été qu'une simple pantomime.

J'ai déboursé des millions de dollars pour l'acheter, pour la posséder, sans jamais comprendre pourquoi je devais l'avoir. Mais elle possède des morceaux de moi dont j'ignorais même l'existence dès le premier instant. Je me suis déplacé vers elle comme une plante se penchant vers les rayons du soleil, mais mes racines sont profondément enfoncées dans la saleté et la crasse et il n'y a aucun moyen pour moi de la rejoindre ou de vraiment m'élever à son niveau. Encore faut-il essayer.

J'ouvre la porte de notre salle du donjon et laisse échapper un faible sifflement. Les lumières sont éteintes, la pièce éclairée uniquement par des bougies. Elle porte toujours le corset en cuir d'il y a une demi-heure, mais le pantalon a disparu. Elle est assise sur une chaise au milieu de la pièce, face à moi. Ses jambes sont largement écartées, révélant des secrets auxquels je suis seul autorisé à accéder.

Des cuissardes en cuir à talons pointus avec laçage jusqu'en haut enveloppent ses jambes. Ses cheveux sont en désordre et ses lèvres sont d'un rouge sang parfaitement séduisant, comme si elle venait de tuer un homme et de se régaler de son sang. Ses ongles correspondent à ses lèvres.

Ma vicieuse déesse sombre.

Elle me sourit. Et avec ses mots suivants, c'est comme si elle avait lu les pensées de mon esprit. «Es-tu venu prier dans mon temple?»

J'acquiesce. Puis je dis : « Vous savez, n'importe qui aurait pu entrer ici. »

« Ouais, Gabe l'a fait plus tôt ce matin. Vous a-t-il trouvé ?

"Je le tuerai."

Elle rit. "Jaloux?"

"Jamais. Il n'est pas assez monstre pour toi. Il ne saurait pas comment te gérer.

"Vrai." Elle courbe un doigt. Je me dirige vers elle.

Elle lève la main. "Attendez. Verrouiller la porte. Ici, les gens prennent des libertés avec leurs laissez-passer.

J'acquiesce. Probablement pour le mieux. Le pêne dormant se met en place et je me retourne vers elle, un sourire prédateur glissant sur mon visage. Je ne suis pas soumis. Mais ces derniers mois, j'ai lentement découvert la délicieuse nuance de l'abandon... et non pas pour ressembler à un livre d'auto-assistance mais... le pouvoir du lâcher prise.

Quand je l'atteins, je me penche et dépose un baiser sur le haut de sa tête. "Dis-moi ce que tu veux", je murmure contre ses cheveux.

Elle me regarde, ses yeux bien trop naïfs pour le prédateur qu'elle est devenue. "Je veux que tu m'adores, bien sûr."

"Bien sûr," je réponds. Que pouvait-elle vouloir d'autre à sa tempe ?

Elle couine quand je la soulève de la chaise. Je l'allonge sur le lit et décroche soigneusement le corset. J'adore ceux qui s'accrochent à l'avant, tellement plus faciles à enfiler.

Mon regard se tourne vers le bord du lit et je remarque une carte noire qui dépasse sous les plis de la couverture. La carte de mort de la boutique de costumes de Benjamin Barker. Son sang tache le crâne.

Un trophée ? Est-ce qu'elle vient de prendre cette seule carte ? Pourquoi est-il sorti ? Un frisson me parcourt le dos. Et je ne me détends pas.

« Brian ? Qu'est-ce qui ne va pas?"

Je secoue la tête et reporte mon attention sur elle. "Ce n'est rien." Je ne vais pas interrompre ça pour parler de putains de cartes de tarot. Je peux être beaucoup de choses, mais je ne suis pas idiot.

Je la regarde pendant plusieurs longues minutes, l'éclat de sa peau à la lueur des bougies, la façon dont ses yeux verts de chat brillent, la montée et la descente de sa poitrine, ces tétons parfaits.

Elle soupire, faussement agacée. "Peut-être que je devrais trouver de nouveaux fidèles."

Je ris. «Je soupçonne que c'est votre soif de sang qui parle. Sinon, pourquoi mettriez-vous la vie d'innocents en danger ?

« Seraient-ils vraiment innocents ?

« S'ils essayaient de baiser, quel est le mien ? Non."

Je prends mon temps avec elle. De la chair de poule apparaît sur sa peau alors que j'entoure lentement d'abord un mamelon, puis l'autre avec ma langue. Ils sautent au garde-à-vous.

"Froid?"

«Gel», murmure-t-elle.

J'embrasse et lèche une trace le long de son corps jusqu'à ce que je trouve l'endroit qui, je le sais, nécessite une attention particulière. "Tu t'es touché comme une mauvaise fille ce matin ?"

"Non", gémit-elle. Ses hanches se soulèvent contre ma bouche alors que je commence à dévorer son sexe.

J'enfonce ma langue en elle et elle laisse échapper un son guttural. J'ai toujours aimé sa réactivité à mon toucher.

Je m'éloigne.

"Brian..."

"Toujours à la recherche de nouveaux fidèles ?"

Un large sourire apparaît sur son visage alors qu'elle secoue lentement la tête. "Non."

"Je ne pensais pas."

Je retourne à ma mission et la lèche jusqu'à ce qu'elle crie.

"Je veux que tu me baises", dit-elle, en voulant toujours plus.

"Tu sais que je ne peux pas faire ça."

«Je pense que tu peux», murmure-t-elle. « Tu ne me feras pas de mal. Je sais que tu ne le feras pas.

Mon esprit revient à Halloween. La chasser. La chasser. Décider en une fraction de seconde de la baiser au lieu de chasser la folie et de la tuer. Je chasse cette pensée de ma tête.

"Mina, je ne peux pas." Je me lève, vais à la commode et sors la corde. "Mais tu peux."

Je vois son visage s'effondrer, et je sais que je ne serai jamais assez pour elle parce que je ne peux pas surmonter la peur de la briser, que je ne peux pas contrôler la bête en moi, c'est tout ce que je sais. quand il s'agit de sexe, c'est de la violence et de la colère. Et je ne veux pas lui faire ça. Je ne peux pas. Elle est la seule lumière que j'ai, et je ne peux pas l'éteindre.

Elle me prend les cordes et je passe mon T-shirt par-dessus ma tête. Mon jean suit rapidement. Je m'allonge au milieu du lit et elle commence à attacher les cordes.

"Hé, regarde-moi."

Elle fait.

"Ce n'est pas que je ne veux pas."

"Je sais."

Quand elle a fini de faire les nœuds, elle me chevauche. Je laisse échapper un sifflement alors qu'elle s'enfonce, sa chaude humidité de son récent plaisir la guidant pour s'empaler plus profondément sur ma bite.

Elle me chevauche – plus brutalement que d'habitude – et je sais qu'elle essaie de me punir, mais ça ne marche pas comme ça. Plus elle roule fort, plus elle se sent bien. Et parce qu'elle vient de jouir sur ma langue, je ne me sens pas mal de ne pas pouvoir tenir longtemps.

Elle se penche près de mon oreille et murmure. "Brian, j'ai fantasmé sur toi me poursuivant et me baisant dans ce champ de citrouilles tous les jours depuis que c'est arrivé."

Et puis je viens. Je ne sais même pas si c'est à cause de la force avec laquelle elle m'a chevauché, ou des mots qui viennent de sortir de sa langue, mais je saisis ses hanches et la maintiens en place pendant que je me répands en elle.

Son regard féroce soutient le mien et elle est rouge.

« C'est noté », dis-je.

4MINA

dimanche

6 février.

Ma tasse de café glisse de mes mains et s'écrase sur le sol de la cafétéria dans un fracas aigu de céramique. Je sens, plutôt que de voir, tous les regards sur nous. Et la raison pour laquelle je ne le vois pas, c'est parce qu'une bande de tissu de soie noire a été nouée sur mes yeux.

"Brian?"

"Chut." Il me guide hors de la cafétéria, à travers le hall d'entrée du niveau principal et dans les escaliers. Je connais si bien cette promenade, même par le nombre de marches. La porte de notre donjon s'ouvre en grinçant et je suis introduit à l'intérieur.

« Est-ce qu'on est sur le point de faire quelque chose de coquin ? » Je demande.

"Mieux."

Un instant plus tard, mes yeux se réadaptent aux différents niveaux de lumière dans la salle du donjon alors que je fixe le mur du meurtre. Et c'est plein. Brian s'est surpassé cette fois. Il a découpé des cœurs en papier rose et rouge. Et il y a des paillettes impliquées. Je suis profondément préoccupé par cette partie. Je m'inquiète vraiment pour lui quand il met des paillettes et de la colle dans les choses. Ce n'est pas naturel.

En lettres majuscules rouges en haut, il est écrit : « Massacre de la Saint-Valentin ».

"Qu'est-ce que je regarde exactement?" Je demande. Je veux dire, je sais fondamentalement ce que je regarde, mais c'est beaucoup. Beaucoup de punaises, de fils rouges reliant des objets, des photographies, des cartes, des impressions provenant de ce qui ressemble au compte de messagerie de quelqu'un. Cela représente beaucoup de points de données à saisir, et même si je pouvais facilement les lire tous à cette distance, je ne suis pas sûr que tout cela aurait un sens. Des dessins de couteaux et de cœurs – du genre romantique, pas d'organe humain – se trouvent à côté d'une photo d'un homme d'âge moyen très séduisant en costume avec le nom de Cole Nolan au-dessus de sa photo. Il y a un dessin similaire à côté de la photographie d'une magnifique femme rousse d'une vingtaine d'années. Le nom au-dessus de sa photo : Clarissa St. James.

« Notre prochain travail. Évidemment », dit Brian.

"Évidemment", je répéte, essayant toujours de reconstituer toute l'histoire. « Je veux dire... tu veux me donner les notes de Cliff ?

Je me retourne enfin pour trouver le visage de Brian illuminé d'excitation alors qu'il regarde son projet artistique macabre.

"C'est bien", dit-il, son regard se posant enfin sur le mien. "Tu vas adorer ça."

Et j'ai l'étrange sentiment que c'est censé être... romantique ? Brian est romantique, pas romantique normal.

«Je nous ai trouvé deux emplois en un.» Il prend mes mains dans les siennes et me guide pour m'asseoir sur le bord du lit pendant qu'il me raconte cette histoire.

« D'accord... » dit-il... « Alors... je suis tombé sur quelque chose d'assez étonnant il y a quelques jours, et j'avais besoin d'effectuer une reconnaissance longue distance en ligne, ce qui a nécessité l'aide d'un hacker que je connais. J'ai des compétences de base, mais rien de comparable à ce type. Il m'a mis directement dans l'e-mail du mec et les choses que j'ai trouvées... Pour faire court, avant tout ce piratage et ces recherches, je suis tombé sur deux contrats. Un demi-million pour la femme, un pour l'homme. Il s'avère qu'ils sont les chefs de gangs criminels rivaux dans le désert de l'Arizona. Le premier chef de l'un des gangs est décédé et sa fille a pris la relève.

Mes sourcils se lèvent à cela. Je ne sais pas exactement de quel genre de gang nous parlons. Un gang de motards ? Autre chose? Mais je sais que les grandes entreprises criminelles confient rarement la direction à une femme. Les criminels sont tellement patriarcaux.

«C'est progressiste de leur part», dis-je.

« Le père la préparait à ce travail depuis un moment », explique Brian. « Quoi qu'il en soit, les membres du groupe accusent le gang rival d'être responsable de la mort de son père. Ils veulent faire la guerre, mais elle refuse. Ils pensent qu'elle est faible. Trois hypothèses sur les raisons pour lesquelles elle ne répond pas à leurs demandes.

Je jure qu'il ressemble au Joker en ce moment, son sourire est si grand.

Je jette un nouveau coup d'œil au mur... "Eh bien, d'après votre projet d'art et d'artisanat, je suppose qu'ils sont amoureux ?"

« Bingo. La propriété de Cole va être réduite à une équipe restreinte pour la Saint-Valentin, seuls les très rares membres du personnel de confiance qui connaissent sa relation avec Clarissa seront là. Le reste de ses associés pensent qu'il part à l'étranger pour affaires. Sa fille va dormir chez un ami. Tout cela pour qu'il puisse passer une soirée romantique privée avec son amour interdit. Nous pouvons les éliminer, remporter deux contrats d'un seul coup, puis laisser les deux parties procéder à leur propre restructuration d'entreprise.

« Aww, non, Brian. Ils sont comme nous. Nous ne pouvons pas nous tuer... nous.

« Ils ne sont pas comme nous. Nous n'avons pas de différence d'âge. Et tu n'as pas les cheveux roux.

Vraiment? C'est la partie qu'il compare ? Je regarde les photos au tableau... elles nous ressemblent beaucoup. Je ne sais pas comment Brian ne le voit pas.

Il prend à nouveau mes mains dans les siennes. "Allez, Killer, ce sera romantique."

Je savais que c'était sa version de la romance.

«Je ne sais pas...» dis-je... je veux dire... Cole et Clarissa sont plutôt romantiques. Je ne veux pas éliminer deux amants menant des gangs rivaux. C'est tellement Roméo et Juliette.

« Écoute, dit Brian, tu détestes le froid. C'est en Arizona. Je nous ai spécifiquement trouvé une tuerie pour vous sortir du froid. Ce n'était pas comme si je cherchais une histoire d'amour interdite, le thème s'est simplement présenté au cours de la reconnaissance.

Je soupire et regarde à nouveau le tableau. Il a vraiment fait beaucoup de travail. "Putain", dis-je. « Quand on le dit ainsi, c'est plutôt romantique. Et je déteste le froid. Mais je ne suis toujours pas totalement d'accord, et Brian le sait.

"J'ai vraiment besoin de tuer quelqu'un."

Je soupire. "D'accord, inscrivez-moi à ce massacre de la Saint-Valentin."

"Excellent. Vous ne le regretterez pas.

5

BRIAN

Vendredi 11 février.

J'ai utilisé une partie du mur du meurtre pour réfléchir à la façon d'accéder à la fête de Saint-Valentin de l'école d'Aidan. Je ne suis pas fier. Heureusement, j'ai réussi à le faire pendant que Mina était en train de magasiner pour mon cadeau de Saint-Valentin. Je lui ai dit que je n'avais besoin de rien, mais elle a insisté.

Mais c'est peut-être pour le mieux. Si elle savait que je complotais pour entrer dans la classe de cet enfant pour espionner sa vie amoureuse naissante... eh bien... elle ne peut tout simplement pas le savoir.

Cela va être un peu serré, en termes de temps. J'ai dit à Mina que je m'occupais juste de quelques choses de dernière minute et que je devais emballer ses affaires, y compris du Kevlar supplémentaire. Parce qu'on ne sait jamais. Après la Saint-Valentin, entre le retour à la maison, la préparation et la double vérification de toutes nos affaires, nous devrions avoir juste assez de temps pour arriver à l'aéroport à temps pour l'enregistrement.

Quand j'ai commencé à planifier cette quête secondaire, de la façon dont je l'ai vu, j'ai eu deux problèmes : comment y entrer et comment ne pas être reconnu par l'enfant. Il est possible qu'il ne se souvienne même pas de mon apparence. Cela fait sept mois qu'il n'a pas vu mon vrai visage, sans compter l'incident du Père Noël dans le magasin, puisque j'étais couvert d'une grande barbe blanche et d'un chapeau de Père Noël ce jour-là.

Mais quand même, la dernière chose dont j'ai besoin est d'envoyer ce gamin dans une crise de cris et de finir en prison parce que j'ai ressenti un besoin pervers et compulsif d'être à cet événement scolaire sucré pour voir la fille qui lui a volé son cœur.

J'ai résolu ce problème en achetant des lunettes et en m'habillant, eh bien, comme un père, c'est la seule façon dont je peux penser pour le décrire. Pas de noir. Non menaçant. Pantalon kaki, polo bleu. J'ai aussi coiffé mes cheveux différemment. D'accord, je sais que cela ressemble à un déguisement complètement Clark Kent, mais ce gamin a six ans et je n'ai pas l'intention d'établir un contact visuel. En plus, j'ai travaillé dur sur mon « ambiance non menaçante » ces derniers temps. C'est une bonne occasion de s'entraîner.

Il s'est avéré qu'il était incroyablement facile de participer à la fête. Apparemment, ils avaient besoin de parents bénévoles pour aider à gérer les enfants et distribuer des friandises. J'ai creusé un peu et constitué un dossier sur quelques candidats possibles. Et par candidats, j'entends les pères qui travaillent tout le temps et que l'école n'a jamais vus auparavant et qui ont aussi des femmes qui ne se portent jamais volontaires pour quoi que ce soit. Les parents fainéants et mauvais payeurs.

J'ai finalement choisi d'être Dereck Saint, un banquier de la ville qui est toujours incroyablement occupé mais qui prend des vacances bien méritées pour passer du temps avec son enfant. Ou du moins, c'est mon histoire. Je suis sur la liste et je viens de passer par leur blague sur un point de contrôle de sécurité et j'ai été enregistré. Ils ont au moins des détecteurs de métaux. Et bien sûr, j'ai laissé l'artillerie lourde à la maison. Je ne suis pas fou.

Je pensais qu'ils pourraient en fait demander à voir une pièce d'identité, auquel cas j'allais devoir essayer de me frayer un chemin parce que je n'avais pas le temps de fabriquer une fausse pièce d'identité pour cela. Mais, étonnamment, tout ce qu'ils voulaient, c'était un nom à cocher sur une liste. Une femme nommée Becky Susan Stanton – un nom de tueuse en série si j'en ai déjà entendu un – a utilisé un surligneur rose pour rayer Dereck Saint de la liste. D'accord, j'ai peut-être flirté un peu avec elle pour l'empêcher de faire trop d'histoires à propos de mes références – ou de leur absence.

Je vais quand même parler avec quelqu'un des mesures de sécurité dans cette école. N'importe qui pouvait entrer ici. Ce n'est pas comme si j'étais un tireur d'école, mais j'ai un nombre très élevé de cadavres, donc... ouais... il y aura une lettre très ferme dans le futur de l'administration pour empêcher les gens comme moi d'entrer dans ce bâtiment.

Bien sûr, je sais que je ne fais que rendre ma vie plus difficile pour l'avenir, mais je me dis que c'est une perte de raison ponctuelle et qu'il n'y a aucune réalité dans laquelle je fermerai à nouveau les portes de cette école.

Ils essaient de faire porter aux parents des badges nominatifs, mais une seule des mamans suit réellement cette règle. Et je suis le seul papa. Il y a cinq volontaires entiers, ce qui me semble exagéré. Comment diable avez-vous besoin de six adultes – si l'on inclut l'enseignant – pour gérer trente-deux enfants ? Cela laisse perplexe.

Même si je suis presque certain que toutes les mamans se sont inscrites pour pouvoir passer du temps ensemble. Elles font partie du groupe des mères au foyer et elles ont clairement leur propre clique sociale. Ils continuent de me regarder, de chuchoter et de rire, et je prie Dieu qu'aucun d'entre eux ne vienne et n'essaye de découvrir de qui je suis le parent. Je suis gêné par le fait que je n'ai pas réussi à me procurer une alliance bon marché en concoctant ce plan farfelu. Je viens de penser que c'était quelque chose dont j'avais besoin pour mener à bien l'arnaque que je dirige.

Bien sûr, en tant que père à l'école, je devrais probablement être marié. Aucun jugement sur les pères célibataires, je dis juste que cela correspond au stéréotype des parents de ce district scolaire. De plus, Derek Saint est en fait marié. Il me vient à l'esprit que mon flirt avec Becky Susan Stanton pourrait causer des problèmes dans le mariage de Saint si le moulin à ragots en a vent. Tant pis. Désolé frère. On n'y pouvait rien. J'avais besoin d'espionner un enfant de six ans. Des priorités, vous devriez peut-être en avoir.

Je passe les deux heures suivantes, gênantes, à éviter le groupe de mamans tout en devenant l'animal de compagnie du professeur. Alors que je m'occupe, en essayant d'éviter le contact visuel avec Aidan et également avec les mères - dont deux sont divorcées et à l'affût - j'entends des extraits de leur conversation qui, heureusement, ne me concernent pas. Peut-être que je suis juste assez idiot aujourd'hui pour échapper à une interaction inconfortable.

«Regarde ça», dit la mère de Katie, semblant inquiète et désignant une fenêtre.

Je jette un coup d'œil dans la direction qu'elle indique. Baise-moi. Cette neige n'était pas censée tomber avant demain matin. Putain. Putain. Putain. Je fais quelques calculs rapides de météorologue amateur dans ma tête pour essayer de déterminer si la vitesse et la taille des flocons de neige qui tombent entraîneront une collision frontale avec notre temps de vol prévu.

Je dois commencer à trouver un plan de match alternatif. Le système de tempête qui passe est énorme. Si les avions sont cloués au sol, nous ne volerons peut-être pas pendant des jours et ce travail doit avoir lieu le jour de la Saint-Valentin, en particulier, sinon nous devrons tout recommencer.

"Oh, mon Dieu", dit Sandra, la seule à suivre la règle des étiquettes nominatives. "Pensez-vous qu'ils renverront les enfants à la maison plus tôt ?"

« Ils auraient déjà dû renvoyer les enfants à la maison », dit la mère de Katie. « Mais il ne reste que trente minutes à la journée d'école et la neige est tombée de nulle part. Nous n'avions vraiment pas le temps d'avertir les parents à l'avance. Et vous ne voulez pas que les gens se précipitent par ce temps. C'est probablement mieux ainsi.

Sandra hoche sagement la tête. "Je pensais qu'ils auraient dû annoncer un jour de neige de toute façon, vous savez combien de fois les bulletins météorologiques se trompent."

« Trop de classes organisent leur fête de Saint-Valentin aujourd'hui. Je suppose qu'ils pensaient pouvoir prendre le risque.

Sandra soupire profondément.

Je continue de faire face aux imprévus en me chargeant de la livraison des cupcakes apportés par Aidan.

Tout comme il l'a demandé, ce sont du chocolat avec un glaçage rose, des cœurs de bonbons sucrés rouges et des pépites blanches. Je reconnais le marquage sur la boîte de la boulangerie. D'habitude, je n'aime pas manger du sucre, mais je suis déjà allé dans cette boulangerie, un fait qui scandaliserait toute la maison qui pense que je ne mange que des protéines et que je les lave avec le sang des innocents. Et le gamin a raison, ils font de bons cupcakes.

Aidan a réussi à s'asseoir en face de Madison, son seul véritable amour.

"Hé Maddie, j'ai apporté les cupcakes. Je les ai eu parce que je sais que tu aimes le rose.

Elle se détourne de son amie, remarquant à l'instant Aidan. Elle le regarde comme s'il s'agissait d'un petit insecte dégoûtant qu'elle examinait sous un verre.

"C'est sympa", dit-elle en se tournant vers son amie.

« As-tu aimé ma Saint-Valentin ? Je l'ai fait spécial pour toi. » dit Aidan, ne comprenant pas encore qu'il frappe fort avec ce gamin. C'est une enfant mignonne, mais il pourrait faire mieux.

« Oh, est-ce que ça vient de toi ? Celui avec le petit dessin de deux bonhommes allumettes se tenant la main, et toutes les paillettes ?

Il acquiesce, avec un peu de chance.

Elle lève juste les yeux au ciel. «J'ai déjà un petit ami. Son nom est Brayden et il est dans la classe de Mme Hancock. Et même si je ne le faisais pas, je ne serais pas ta petite amie. Tu es étrange."

Elle rigole et se retourne vers ses amis qui rient avec elle. J'ai envie de brûler l'école en ce moment, mais je règne sur ma psychopathie.

Aidan est sur le point de commencer à pleurer mais il se lève et s'enfuit de la classe avant que les larmes ne coulent.

Je suis en colère en ce moment. Je sais que ce n'est qu'une enfant, et les enfants sont comme ça, mais je veux vraiment faire quelque chose de... mal. Je suis troublé par ma réaction insensée face à ce rejet d'enfance. Ça arrive à tout le monde. C'est normal, me dis-je. Je me suis trop retrouvé mêlé à la vie de cet enfant. C'est malsain. C'est psychotique. Et il faut que ça s'arrête. Pourquoi est-ce que je le surveille ?

Pourquoi est-ce que je le surveille tout le temps ? Qu'est-ce que j'espère accomplir ici ? Je dois mettre fin à cette relation parent-enfant imaginaire que j'ai inventée dans ma tête. Qu'est-ce qui ne va pas chez moi ?

L'une des mères court après Aidan pour s'assurer qu'il va bien, et j'en profite pour sortir de la classe. Je descends le couloir dans la direction opposée d'où j'entends encore les reniflements du gamin. J'ai un travail sur lequel me concentrer, et ce n'est pas être le faux père d'Aidan.

Je suis tellement contente de pouvoir tuer des gens maintenant.

6

MINA

Je regarde par la fenêtre et je suis sûre que je ressemble en ce moment à un chaton triste d'une publicité de l'ASPCA. La neige tombe fort et les vols sont cloués au sol. Je le sais parce que j'ai déjà vérifié. Le coup n'est arrivé que lundi, donc peut-être que nous pourrions voler dans un jour ou deux. Nous y arriverions quand même. Mais ce système de tempête est insensé. Je ne sais pas si quelque chose s'envolera d'ici avant la Saint-Valentin.

Putain. J'ai besoin d'être dans un endroit chaud. Je ne tenais qu'à un fil, sachant qu'au moins je pourrai bénéficier de ce bref répit de l'hiver. Et maintenant, cela pourrait ne plus arriver. Je suis à environ dix secondes de me jeter au sol comme un enfant en bas âge et de m'énerver face à cette nouvelle tournure des événements.

Nous devons maintenant trouver un nouveau moyen d'éliminer ces deux-là, et rien ne garantit que nous pourrons les attraper tous les deux ensemble, loin de leur peuple. Nous pourrions même perdre les contrats au profit de quelqu'un d'autre, quelqu'un de la région. Nous avions promis de tuer Valentine, après tout. Ils ne voudront pas attendre au-delà de ça, mais si nous ne pouvons même pas sortir...

Le hamster qui court fébrilement sur la roue dans ma tête s'arrête brusquement, ses petits yeux de dessin animé sortant tout droit de sa tête lorsque je remarque Brian. venant vers moi avec intention. J'ai littéralement oublié toutes les pensées que j'avais en tête et je ne pourrais probablement même pas les reconstruire, sous peine de ma propre mort.

Bien sûr, il a les mêmes vibrations violentes et terrifiantes que d'habitude, mais je dois dire qu'il n'atterrit pas de la même manière qu'il le fait habituellement en ce moment.

"Qu'est-ce que tu portes, bordel ?" Je demande dans ma barbe quand il m'atteint. Et j'essaie vraiment de ne pas rire parce que nous avons fait tous les efforts possibles pour maintenir l'image de Brian et ma modeste soumission au Grand Méchant Loup. Et nous avons plus ou moins réussi jusqu'à présent, mais je me trouve à la cafétéria – un espace de rassemblement commun pour les filles de la maison – donc nous avons un public.

Et il ressemble à... Mon Dieu, je ne sais même pas à quoi il ressemble... Il ressemble un peu à un père de banlieue, le genre de gars qui se présente à chaque entraînement de football parce qu'il n'a pas de travail de grande envergure en entreprise. se concentrer sur. Mais pourquoi ? Mon esprit n'arrive même pas à concevoir une raison pour laquelle il aurait besoin de s'habiller ainsi. ·

Les chuchotements dans la cafétéria deviennent de plus en plus forts et Brian leur lance un regard menaçant.

"Écoutez mesdames, si vous pensez que je ne salirai pas les kakis pour punir les mauvaises filles, vous vous trompez."

Les chuchotements s'arrêtent brusquement et ils retournent à leur thé. Oh ouais, l'après-midi, nous prenons l'heure du thé. Juste après le nouvel an, Phyllis s'est mise à faire des scones et a exigé toutes ces adorables tasses à thé, soucoupes et petites assiettes dépareillées, et maintenant nous prenons le thé de l'après-midi, comme si nous étions tous convenables et merde.

Ils reprennent leur rituel de l'heure du thé et je tourne à nouveau mon attention vers Brian.

"Je suis un peu dans cette ambiance de papa que tu as... mais j'ai des questions, la première d'entre elles... tu veux que je t'appelle papa maintenant ?"

"Non."

"Alors, qu'est-ce qu'il y a avec la garde-robe ?"

« Ce n'est pas important, » dit-il.

Je fais la moue. "Allez... tu peux me faire confiance."

Il soupire bruyamment. « D'accord, très bien. Je surveillais Aidan à la fête de Saint-Valentin à son école. Heureux ?"

Oh mon Dieu. C'est trop mignon. Qu'arrive-t-il à mon tueur psychopathe en ce moment ?

Il le regarde. "Ne commence même pas par moi maintenant, Mina."

Je fais semblant de fermer ma lèvre, de la verrouiller et de jeter la clé imaginaire par-dessus mon épaule même si j'ai besoin de tant de détails en ce moment.

"Comment était-il ?" Je demande le plus nonchalamment possible.

"L'amour de sa jeune vie l'a simplement rejeté et ma première pensée a été de brûler l'école."

« Awwww, pauvre petit gars. Êtes-vous d'accord?" Je demande avec une fausse inquiétude.

"Bien. Écoutez, je suis sûr que vous pouvez deviner, d'après la tempête de neige géante, que les vols sont tous cloués au sol.

"Oui, j'ai vérifié en ligne."

« Nous allons donc devoir conduire. Nous parlerons de logistique de mise à mort sur la route.

«Je ne sais pas, Brian...» dis-je. Je ne suis pas vraiment excité à l'idée de conduire dans toute cette neige et cette glace.

« Nous avons des pneus neige. Tout ira bien."

"Nous n'avons pas de pneus neige sur le véhicule noir d'allure gouvernementale que vous insistez pour conduire."

« Nous n'acceptons pas cela », dit-il d'un ton énigmatique.

"Alors qu'est-ce qu'on prend ?"

"Tu verras. Nous disposons de tout un garage de moyens de transport adaptés.

«Soyez honnête avec moi, Brian. Allons-nous nous lancer dans une tuerie à travers le pays ?

Il rit. « Je n'appellerais pas ça une folie. Je pensais que nous pourrions arrêter quelques pompistes ici et là sur des parcelles isolées d'une vieille autoroute, poignarder un employé de motel... Peut-être frapper une banque ou deux pour mélanger les choses.

"Drôle", dis-je.

«Je suis un gars drôle. Personne n'apprécie mon humour.

"Pauvre bébé, tu as eu une journée tellement difficile."

« Où sont nos sacs ? Il est entièrement professionnel et très prêt à tuer des gens.

"Près de la porte d'entrée, tu n'as pas trébuché dessus en entrant ?"

«Je vais les retirer. Prends juste ta veste et retrouve-moi dans le grand garage à côté de la maison.

Je descends et m'emballe. Dix minutes plus tard, je suis dans le grand garage.

"Est-ce que c'est une parka?" Brian demande quand il me voit.

"J'ai froid! Je suis désolé, je ne peux pas porter de vestes en cuir sexy quand il fait 5 degrés dehors.

"Tu ressembles à une guimauve géante."

"Je suis une guimauve mignonne et mortelle."

"Vous l'êtes", dit-il en riant. "Montez."

Il appuie sur le bouton de la télécommande et les lumières d'un Bronco rouge s'allument tandis que le SUV émet deux bips courts et aigus.

"Oh, c'est discret", dis-je.

"Voulez-vous que je le peigne avant de partir?"

Je ris et monte dans la voiture.

Nous roulons depuis quinze minutes quand j'ai enfin assez chaud pour enlever mon manteau. Je le mets sur la banquette arrière. Brian a été totalement concentré sur la route pendant tout ce temps, et le seul bruit était celui des essuie-glaces essayant de garder une longueur d'avance sur les flocons de neige qui tombaient. Il fait suffisamment chaud maintenant pour qu'ils fondent lorsqu'ils touchent le verre.

« Puis-je écouter ma playlist ? »

Nous n'avons jamais fait un long voyage ensemble auparavant, il est donc théoriquement possible qu'il m'assassine avant que nous ayons terminé parce que je suis un voyageur nerveux. Et je vais devoir faire pipi toutes les deux heures comme un chihuahua. J'ai décidé de ne pas informer Brian de ces choses pour l'instant. Nous pouvons simplement laisser cela être une découverte amusante pendant le voyage.

"Bien sûr."

Je branche mon lecteur MP3 et j'appuie sur le bouton play.

"Qu'est-ce que c'est?" » demande-t-il alors qu'une chanson intitulée Killer commence à jouer.

«Ma playlist de méchants. Allez-y.

"Oh, ça va être un voyage amusant."

"Ouais."

"Avez-vous apporté ma musique?"

Je sors le CD Chopin de mon sac. "Ici."

Nous ne parlons jamais de cela, du fait qu'il doit vraiment avoir cette musique. Au cas où. C'est l'une des rares vulnérabilités dont je suis conscient. Personne d'autre ne sait ce que cette musique signifie pour lui, ni comment elle l'aide lorsque les choses tournent mal. Quiconque l'a entendu écouter de la musique classique le soir lorsqu'il court sur le tapis roulant pense probablement que c'est un truc effrayant de Brian, comme s'il était une sorte de tueur civilisé. Ils ne comprennent pas qu'il en a réellement besoin.

"Alors, qu'est-ce qui se passe avec la carte de tarot ?" Brian dit de nulle part.

"Je suis désolé, quoi?" Bien sûr, il en parlerait lorsque nous sommes à des kilomètres de la maison, au milieu d'un nulle part gelé avec seule la chaleur de son SUV nous protégeant, donc je ne peux pas simplement me jeter dramatiquement hors du Bronco et rentrer chez moi à pied. pour éviter cette conversation.

"La carte. Vous l'avez pris comme trophée, n'est-ce pas ?

"Euh..." dis-je. Je regarde par la fenêtre parce que Brian est vraiment doué pour savoir si quelqu'un ment. J'ai trouvé la carte de la mort qui dépassait sous les couvertures et j'espérais que Brian ne la voyait pas, mais même alors, je savais que c'était le cas.

"Je l'ai vu le jour de la marmotte, Mina."

"Quoi? Comment te souviens-tu que c'était le jour de la marmotte, et qu'est-ce qu'il y a entre toi et cette putain de marmotte ? Ces mots semblent fous, mais je ne suis pas fou, plutôt surpris. Je n'arrive vraiment pas à croire qu'il retienne ça depuis neuf jours. Lorsqu'il n'en a pas parlé pendant un jour ou deux, j'ai pensé que j'avais peut-être tort et il ne l'a pas vu. Mais non. Il attendait juste son moment.

"Est-ce que tu viens de prendre la seule carte?" il demande.

« Euh, non. J'ai pris tout le jeu. »

"Pourquoi?"

"Parce qu'ils étaient beaux." Ce n'est pas un mensonge.

Il enlève une main du volant et passe le dos de ses doigts sur ma joue. "Je comprends ça."

Nous conduisons encore cinq minutes avec seulement ma playlist de méchant remplissant la voiture quand il dit : « Apprenez quelque chose qui vaut la peine d'être connu ?

"Je ne sais pas ce que tu veux dire." Je dis. Est-il réellement ouvert à cela ?

Il hausse les épaules. « Je pense que nous avons tous les deux pensé à cette lecture de tarot plus d'une fois depuis la veille de Noël. Les amoureux. Le diable. La tour."

Je n'arrive pas à croire qu'il s'en souvienne. Je pensais qu'il l'aurait complètement effacé.

"Je pensais que tu ne croyais pas à ce genre de choses."

"Je ne sais pas."

"D'accord, alors," dis-je.

"D'accord, alors."

Je ne vais pas lui dire que la carte de la mort est apparue quatre fois de plus depuis le Jour de la marmotte. Et la tour, deux fois.

7

MINA

Après quatre heures de conduite créative, nous avons réussi à nous sortir du mauvais temps et de la neige. Il fait encore froid dehors, mais au moins il n'y a plus de mauvais temps maintenant que nous sommes hors de la trajectoire de la tempête.

Le soleil s'est couché il y a deux heures et nous sommes garés dans une station-service et utilisons le Wi-Fi gratuit pour planifier un vol pour demain qui nous amènera à Phoenix, ce qui nous donnera une journée pour effectuer une reconnaissance de dernière minute en ville et nous préparer pour le hit de la Saint-Valentin. Nos cibles vivent un peu plus loin dans le désert, mais le trajet n'est pas très long. Juste quelques heures.

Les armes sont bizarres sur le plan logistique. Nous ne pouvons pas les emmener dans l'avion. Vous ne pouvez pas transporter un arsenal sans vous poser de questions. Une très petite partie de notre équipement ne sera pas reconnaissable comme quelque chose d'important lorsqu'il passera par la sécurité de l'aéroport, mais nous devrons laisser toutes nos armes : couteaux, fusils, munitions, derrière nous. Nous laisserons la voiture dans un parking sécurisé et stockerons nos armes dans des panneaux latéraux cachés à l'intérieur du SUV. Ce véhicule n'est pas seulement équipé de pneus neige. Brian a pensé à tout.

Une fois arrivés à notre emplacement final, nous rencontrerons un gars que Brian connaît pour réapprovisionner les armes pour le travail. Nous payons des frais de location. Je ne savais pas qu'on pouvait louer des armes d'assassin comme dans un vidéoclub des années 1990. Cela semble très rétro.

«J'ai besoin de faire pipi», j'annonce.

"Encore ? Vraiment ?"

"Oui vraiment."

"Dépêchez-vous. Nous devons encore conduire quelques heures de plus ce soir.

Je serai si heureux d'arriver dans un hôtel. « Est-ce qu'on reste dans une décharge ? »

"Bien sûr que non. Je nous ai réservé une réservation dans un Four Seasons.

« Êtes-vous sarcastique en ce moment ? Avec Brian, c'est si difficile à dire.

"Non. Nous restons vraiment au Four Seasons. Et je nous ai offert un départ tardif. Nous partons demain en début d'après-midi pour pouvoir dormir un peu.

"Tu es le sociopathe le plus attentionné que je connaisse", dis-je en déposant un baiser sur sa joue.

Il fait une grimace comme celle-ci, c'est trop doux et doux pour lui. J'enfile un manteau plus léger depuis la banquette arrière, sors de la voiture et ferme la portière avec ma hanche.

La station-service se trouve dans une zone déserte, hors des sentiers battus. Je suis surpris qu'ils aient même le WiFi que nous pourrions utiliser. La salle de bain est à l'intérieur, cependant. Je récupère la clé du gars au comptoir. Il y a deux stands à l'intérieur. Je viens de fermer la porte de mon stand et de tourner le loquet lorsque la porte extérieure s'ouvre.

"Brian?"

"Non, chéri. Ce n'est pas Brian. Nous n'avons pas de jolies petites choses comme vous ici.

Je sors un couteau d'un étui à la cheville. Je serais à court d'armes en ce moment, sauf que passer des heures à conduire et à porter une arme à feu n'est pas la façon la plus confortable de voyager. De toute façon, je suis un voyageur agité.

Je sursaute quand il frappe à la porte. "Sortez maintenant, ma fille."

Jésus, ce crétin. «J'ai un homme avec moi», dis-je, et je me reproche même d'avoir prononcé ces mots. Mais c'est vrai.

« Je suis sûr que cela ne le dérangera pas de partager. Je l'ai regardé là-bas. Je suis sûr que nous pouvons parvenir à un arrangement, étant donné que je pourrais probablement le tuer rien qu'en m'asseyant sur lui. Je me sens terriblement seul sur ce tronçon d'autoroute, comme vous pouvez l'imaginer, j'en suis sûr.

Je serre plus fort le couteau dans ma main, essayant de réfléchir à la meilleure façon de m'en sortir sur le plan logistique. L'espace exigu de cette salle de bain ne me donne pas vraiment beaucoup d'options. Je pourrais ramper sous et dans la cabine pour handicapés et avoir plus de place, peut-être ? Je me demande si je devrais me lever sur le siège des toilettes, si cet angle m'offrirait un avantage que ma position actuelle n'offre pas.

Avant de pouvoir prendre une décision dans un sens ou dans l'autre, j'entends un os craquer, puis le corps du gars tombe au sol. Ses yeux me regardent sans me voir depuis la fente de la porte.

«Un pompiste en bas», dit Brian. "Ne t'inquiète pas, je te laisse prendre le suivant."

Je remets mon couteau dans l'étui, les mains tremblantes. De toutes les situations terrifiantes dans lesquelles nous avons été, cette bubba du fond des bois est en quelque sorte la plus effrayante. J'aurais dû porter mon arme.

Je déverrouille et ouvre la porte pour trouver Brian en train de le regarder. «Je pense que ce mec souffre de dysmorphie corporelle. Il n'est pas assez grand pour me tuer en s'asseyant sur moi.

J'enjambe le gars et me jette dans les bras de Brian. Il me caresse les cheveux et dépose un baiser sur mon front. "As-tu fait pipi ?"

"Non. J'ai oublié."

Il rit. "Pipi, je te garderai."

Tellement galant. "J'ai l'impression que si je le fais devant toi, ça va tuer la romance."

"Je resterai dehors."

« Veux-tu d'abord le traîner dans le coin, pour qu'il ne puisse pas me surveiller ?

"Il est mort, Mina."

"Ouais, mais ses globes oculaires seront toujours aux premières loges."

Brian soupire mais entraîne le corps.

« Je vais me débarrasser des preuves vidéo et retirer l'argent de la caisse. Quand vous sortirez, achetez-nous des collations gratuites.

"Oui, oui, capitaine."

8

BRIAN

Lundi 14 février. Saint Valentin.

« Laissez-moi parler. Gremlin n'est pas exactement le marchand d'armes le plus éclairé.

« Il existe des marchands d'armes éclairés ? Mina plaisante.

C'est un bon point. Probablement pas.

« Son nom est Gremlin ? demande-t-elle alors que je tire la voiture de location à travers le portail en fer d'un grand et sombre domaine.

"Vous comprendrez quand vous le verrez."

Je voulais la laisser à l'hôtel pendant que je fais ça, mais c'est le jour de la tuerie et il n'y a plus d'hôtel. Nous sommes partis ce matin. Nous sommes maintenant enregistrés – en espèces – dans ce qui est décidément un dépotoir, mais c'est presque l'heure de tuer et nous ne pouvons pas attirer l'attention sur nous-mêmes. C'est plus en sécurité pour elle ici avec moi que seule dans ce motel.

Il y a une chose que j'ai oubliée dans la précipitation pour sortir d'ici et à l'abri des intempéries : l'argent liquide au distributeur automatique. Heureusement, l'argent que j'ai libéré de la caisse de la station-service couvre facilement notre motel pour ce soir.

J'ai eu un mauvais pressentiment à propos de ce type à la seconde où Mina est entrée dans la station-service. J'aurais dû venir avec elle dès le début. Quand j'ai vu la façon dont il regardait ses fesses alors qu'elle se dirigeait vers la salle de bain, j'ai eu envie de lui torturer lentement la vie. Mais nous avions un calendrier. J'étais en train de remplir le réservoir et j'ai détourné rapidement le regard lorsqu'il a regardé pour vérifier si j'étais attentif. À la seconde où je l'ai vu se diriger vers la salle de bain, j'ai remis la buse et je suis entré.

Ce type devait avoir quelques vis desserrées. Comment diable a-t-il pensé qu'il agresserait quelqu'un qui ne voyageait même pas seul et s'en tirerait sans problème, je n'en ai aucune idée. Son cerveau et sa bite n'étaient clairement pas connectés. Peut-être qu'il essayait juste de lui faire peur, mais même cela est pour moi une offense meurtrière. Cela fait presque trois jours et je ne m'en remets toujours pas.

Avant de passer à notre logement actuel, je nous ai rétrogradés vers une voiture de location qui attire moins l'attention, car tout l'intérêt, à partir de ce moment jusqu'à notre départ pour rentrer chez nous, est l'invisibilité.

Mina a été surprise que nous ayons réservé au Four Seasons vendredi soir. Je ne plaisante pas sur l'hébergement. Nous avons passé les deux dernières nuits à l'Arizona Biltmore et avons bénéficié du service de chambre cinq étoiles depuis notre suite pendant que nous finalisions nos plans, installions des appareils d'écoute dans la maison de Cole et examinions les plans de la maison via les archives publiques.

Comment avons-nous installé des appareils d'écoute en dehors de notre territoire, dans la propriété d'un chef du crime paranoïaque gardant un amant secret ? Oh, juste sur le bord intérieur du vase de roses que nous avions livré.

Fait amusant : vous pouvez entrer dans un magasin de fleurs dans de nombreux endroits et tout cueillir à la main. J'ai utilisé un petit appareil d'écoute étanche avec un adhésif puissant. Cole a commandé ses propres roses dans la même boutique (une partie de ma reconnaissance en ligne avant notre départ) et je me suis assuré qu'elles seraient juste assez différentes du reste de la commande et seraient placées dans un endroit où nous pourrions entendre les choses.

Certains pourraient penser que les appareils d'écoute étaient excessifs, mais il est utile de savoir qu'ils ne mangeront pas dans la salle à manger formelle mais dans le grand hall d'entrée principal qu'il a spécialement aménagé pour ce dîner, principalement parce que d'après les plans, il y a un grand escalier et une cheminée à cet endroit. La salle à manger n'a pas de cheminée. Ambiance moins romantique.

Les roses que j'ai envoyées sont exactement là où je m'attendais à ce qu'elles finissent : comme pièce maîtresse sur la table qui a été déplacée dans le hall d'entrée en début d'après-midi.

Il y a également plusieurs sorties possibles depuis le hall d'entrée et un seul point d'entrée ou de sortie pour la salle à manger. Il est intelligent, mais malheureusement pour Cole, cela nous sert plus que lui.

J'ouvre le coffre de la voiture de location et en sors deux grands sacs de sport noirs. Le coffre est déjà recouvert de plastique pour un nettoyage facile, et j'ai plusieurs autres rouleaux prêts à utiliser pour recouvrir l'intérieur de la voiture la nuit tombée lorsque nous allons faire le travail.

"Est-ce qu'on loue vraiment ?" » demande Mina alors que nous nous dirigeons vers la porte d'entrée. Ce n'est pas la première fois aujourd'hui, je pense que j'aurais peut-être dû laisser Mina au motel. Après tout, nous arrivons sans armes. Je fais généralement confiance à ce type, mais Mina est une nouvelle variable, et je ne sais pas à quel point je lui fais confiance avec elle. Nous sommes accueillis par un majordome plutôt chic et conduits dans plusieurs couloirs jusqu'à ce que nous arrivions à un grand espace ouvert qui était probablement à l'origine destiné à servir de salle de bal, mais qui sert de galerie d'armes à ce type. Gremlin me repère et s'approche d'un pas tranquille. Il mesure 1,70 mètre et est chauve. Je mesure presque un pied de plus que lui. Il a une mauvaise peau, c'est un euphémisme. Les vieilles cicatrices d'acné – et les cicatrices au couteau n'aident en rien. Il a assez d'argent pour réparer une partie de ça, mais je suppose qu'il se demande à quoi ça sert ? La seule façon pour lui de ne pas ressembler à un vagabond sans abri, ce sont les costumes et les chaussures italiens sur mesure qu'il porte. Personne ne sait comment un homme de sa petite taille a acquis le niveau de pouvoir dont il dispose dans le monde criminel, mais à ce stade, il a des gardes du corps, donc ses défis de taille n'ont plus vraiment d'importance pour personne d'autre que lui. « Sloan ! » il dit. J'acquiesce et lui serre la main lorsqu'il me rejoint. "Content de te voir. Je ne suis pas sorti par ici depuis un moment. Personne ne connaît son vrai nom, mais le respect est une chose, donc pratiquement personne ne l'adresse de quelque manière que ce soit, à l'exception de son équipe qui l'appelle Monsieur.

Je ris juste. Elle a déjà passé une heure de notre voyage sans écouter sa playlist de méchants, à me questionner sur cette histoire de location d'armes. Je veux dire... pourquoi devrais-je acheter un tas d'armes que je ne pourrai pas, d'un point de vue logistique, ramener chez moi ? Je ne dis pas que c'est une chose normale... ce n'est pas comme s'il y avait un magasin de location Arsenal à chaque coin de rue avec un personnel sympathique vêtu de polos bleus et de panneaux jaune vif. Mais Gremlin n'est pas le seul gars avec qui j'ai fait ça... donc c'est une chose.

Je dis simplement que les gens trouvent des arrangements créatifs lorsqu'ils doivent composer avec les réalités de la sécurité aéroportuaire.

Techniquement, vous pouvez voyager avec des armes, mais mes armes ne sont toutes pas enregistrées donc... c'est juste suspect. Et idéalement, vous ne voulez pas laisser de trace écrite directe directement sur votre site de mise à mort. Nous avons cependant apporté les gilets en Kevlar. Non seulement c'est légal, mais cela fait moins sourciller que de voyager avec un véritable arsenal. La moitié du temps, cela passe simplement par la machine et personne ne le remarque vraiment. Pourquoi le devraient-ils ? Ne pas se faire tirer dessus n'est pas illégal.

"Arrête de bouger", je murmure en sonnant à la porte.

"Désolé. Je suis chez un gars nommé Gremlin pour les armes. C'est ma première réunion de marchands d'armes. Laissez-moi un peu de répit.

"Ça ira. Reste juste près de moi. Et ne l'insultez pas ainsi en face.

"Ne sait-il pas que tout le monde l'appelle Gremlin ?"

"Je suis sûr qu'il le sait."

Le regard de Gremlin se tourne vers Mina. Il prend son temps pour l'évaluer d'une manière que je n'aime pas. "Et qui est cette jolie fleur ?" Il se lèche les lèvres, comme s'il s'attendait à pouvoir la manger plus tard.

"Ce Venus Flytrap est avec moi", dis-je avec la subtilité d'une alarme de voiture.

Il rit. "Assez juste. Pourquoi nuire à un partenariat commercial au sens large, n'est-ce pas ? »

Mina se raidit à côté de moi, et je sais que si elle avait réellement une arme à feu en ce moment, Gremlin serait couché dans une mare de son propre sang – au diable son statut – et nous aurions un gros problème de réputation. C'est idéal dans mon travail que nous ne tuions pas nos associés. Il est difficile de trouver de nouveaux associés souhaitant travailler avec vous. Ce n'est pas comme si nous recevions tous une prime de risque.

"Nous sommes en quelque sorte à l'heure, Gremlin," dis-je.

Ses yeux s'écarquillent car j'ai eu le courage de prononcer le mot sous lequel il est connu. Je veux dire, il a commencé en traitant Mina de nana comme dans un film de gangster noir des années 40. Nous avons tous une réputation à protéger ici, et il devrait le savoir mieux.

"Ecoute", je continue. « Je vais laisser passer votre manque de respect envers mon partenaire, et vous allez me laisser dire votre poignée à voix haute, glisser. Et nous allons faire des affaires et garder les choses professionnelles, n'est-ce pas ?

Il pourrait certainement me faire tuer maintenant. Nous sommes en quelque sorte encerclés par ses voyous armés. Neuf d'entre eux au total. Exagéré si vous me demandez, mais si Gremlin parle régulièrement comme ça, peut-être pas.

Mais encore une fois, c'est mauvais pour les affaires, donc je suppose qu'il ne va pas détruire une relation de travail de quinze ans à cause de cela.

Il choisit judicieusement de laisser tomber et passe la main en direction des vitrines remplies d'armes. "Qu'étais-tu en train de chercher ?"

« Des armes. Évidemment. Nous avons besoin d'étuis appropriés, de munitions... donnez-nous tous du 9 mm. Et des silencieux. Des couteaux et des étuis aussi.

« Lancer des étoiles », intervient Mina.

Elle adore ses étoiles filantes.

« Je vais devoir vous vendre des couteaux et des étoiles. Nous n'aimons pas que nos marchandises soient retournées dans le sang. Et bien sûr les munitions.

"Bien sûr," dis-je. Ce n'est pas comme si vous pouviez louer des munitions. Et de toute façon, les couteaux et les étoiles sont souvent laissés sur les sites de mise à mort, en fonction de la situation. Si nous éliminons les corps, nous les conservons et les stérilisons, mais sinon, ils restent là où ils sont plantés.

Gremlin nous charge les armes demandées, je paie l'homme et nous récupérons les sacs.

« Tu vois, tueur ? Facile, citron pressé, dis-je alors que nous sortons par la porte d'entrée.

Mina se contente de rire.

9

MINA

Nous sommes assis dans la voiture de location juste à l'extérieur du domaine Nolan. Tout l'intérieur de la voiture est recouvert de plastique. Je pense que c'est excessif personnellement, mais il s'agit d'une location, donc il vaut mieux prévenir que guérir. La dernière chose dont nous avons besoin, c'est du sang et des fibres qui nous relient aux décès locaux. Je n'ai aucune idée de ce qu'il planifiait si nous étions arrêtés pour quelque chose. Ce n'est pas exactement la façon la plus discrète de voyager, même la nuit tombée.

Brian a utilisé une carte de crédit liée à une société écran factice et une fausse pièce d'identité pour louer la voiture. Pourtant, je pense presque que cela aurait été moins risqué et moins compliqué d'en voler un. Je contourne le plastique pour ouvrir ma porte lorsque la main de Brian sur mon bras m'arrête.

"Attendez, ouvrez ceci d'abord." Il pose sur mes genoux une boîte noire enveloppée d'un ruban doré. Et une enveloppe rouge. Il m'a aussi offert une carte ? Je ne m'attendais pas à ça.

«Je ne t'ai pas donné de carte», dis-je. "Et ton cadeau est au motel."

"C'est bon."

Il a l'air un peu nerveux, ce qui est étrange sur le visage de Brian. J'ouvre l'enveloppe. La carte représente deux squelettes se tenant la main à l'intérieur d'un grand cœur rouge avec du sang coulant sur les côtés. Le texte sur le devant se lit comme suit : « Toi et moi, nous avons ceci. »

"Où est-ce que tu as eu çà?"

« Une boutique gothique pendant que tu dormais hier. Ils ont organisé un week-end spécial pour la Saint-Valentin. "Aimez-vous?" Il produit la gaine et l'étui depuis l'intérieur de sa veste.

Je l'ouvre pour trouver un message manuscrit : « J'aime tuer des gens avec toi. Brian.

J'éclate de rire. "Romantique."

"Vous n'avez même pas atteint la meilleure partie." Il fait un signe de tête vers la boîte. "Ouvrez-le."

"Est-ce le cœur de Blanche-Neige ?"

"Ouvre-le."

Je détache le ruban et ouvre soigneusement la boîte. Je halete en attrapant le couteau exquis posé à l'intérieur du velours noir. Il est évidemment fabriqué à la main, le genre de couteau qui dure toute une vie. Il a un manche en ivoire rouge sur lequel est sculptée ce qui ressemble à une féroce déesse guerrière. Un motif de flamme complexe s'étend sur toute la longueur de la lame, et à la base de l'acier se trouvent les mots : « Brian et Mina » à l'intérieur d'un cœur.

"C'est merveilleux." Je sors le couteau de la boîte en le retournant. "Et le poids est putain de parfait." Je commence à le remettre, mais la main de Brian se referme sur la mienne.

"Amène le. Pour la chance."

"Je pensais que tu ne croyais pas à la chance." Mais je l'échange contre un de mes couteaux de Gremlin.

« Comment allons-nous le ramener à la maison ? Expédier?"

Il secoue la tête. « Non, nous pouvons voyager avec. Je doute fortement que quiconque pense que c'est une arme du crime. Il vient évidemment d'un artisan. Et c'est un couteau, pas un arsenal.

Il est neuf heures lorsque nous nous faufilons par l'entrée arrière et sortons le petit groupe de personnel. Plans rapides et silencieux avec silencieux. Je déteste retirer du personnel. Ils sont innocents mais nous ne pouvons pas avoir de héros. Ou des témoins. Dans une situation idéale, la cible est la seule que vous tuez. C'est joli, propre. Précision chirurgicale. Mais en dehors des films, ça se passe rarement comme ça.

Quels que soient les pouvoirs qui ont emporté mes sentiments, j'aurais aimé qu'ils fassent un peu mieux.

Neuf heures, c'est un peu tard pour un dîner de Saint-Valentin, mais ils ont arrangé l'heure pour que Clarissa puisse plus facilement s'éloigner de son peuple sans être détectée.

"C'est tout le monde", murmure Brian.

Nous laissons tomber nos magazines et rechargeons. Juste les deux tourtereaux maintenant. La nourriture a déjà été livrée et je sens le délicieux parfum du poulet primavera et du pain à l'ail. Je ne peux pas dire si les odeurs sont simplement celles des restes de la cuisine ou si elles viennent de l'entrée où tout est installé.

"C'est quoi ce bordel ?" » murmure Brian.

"Quoi?" Je murmure en réponse alors que nous nous dirigeons ensemble dans le couloir vers nos cibles.

"Cette musique."

"Je ne sais toujours pas ce que vous demandez." La musique classique dérive dans le couloir jusqu'à nos oreilles.

"C'est de la musique live, Mina. Pas un enregistrement. Comment ai-je pu rater le fait qu'il ait engagé un quatuor à cordes ?

Merde. Encore des innocents.

"Brian, non," dis-je.

"Nous devons."

Le quatuor commence à jouer ce que je reconnais comme étant Chostakovitch, mais je n'ai aucune idée du nom de la chanson. Ce sont tous des chiffres et des lettres. Je ne sais pas pourquoi les compositeurs ne prenaient pas la peine de donner à leur musique de vrais noms dont les gens se souviendraient.

Nous sommes à portée de vue et je vois Clarissa et Cole à table. Les roses achetées par Brian sont au centre de la table sur une nappe en lin blanc avec des bougies dégoulinantes dans des supports en cristal. Il y a un feu dans la cheminée, puis le quatuor à cordes s'installe à proximité.

« Nous allons y aller rapidement. Je vais éliminer les deux à l'arrière, vous enlevez les deux à l'avant.

"Brian..."

"Ne réfléchis pas, Mina, fais-le. Nous sommes déjà trop impliqués pour cela.

"Non attends. Si on tire sur le quatuor en premier... Cole pourrait être armé. Ils sont probablement tous les deux armés. Nous avons d'abord besoin d'armes sur Cole et Clarissa.

Brian soupire. "Tu as probablement raison. Mais nous ne laissons pas de détails. Convenu?"

"Convenu. Mais... ne tirez sur personne immédiatement."

"Pourquoi pas?"

"Juste... ne le fais pas, d'accord ?"

Nous nous glissons tranquillement dans la pièce. Je me tiens derrière Cole. Brian est derrière Clarissa. Nos armes sont armées.

Cole fait un geste qui, j'en suis sûr, est pour une arme à feu.

« Les mains sur la table où on peut les voir. Vous deux, dit Brian.

Les deux obéissent.

"Nous te donnerons ce que tu veux", dit Clarissa d'une voix hésitante.

« Allez-vous nous donner un million et demi de dollars ? Parce que c'est le prix combiné de vos têtes », dit Brian. "Vos hommes ne sont pas vraiment ravis de la façon dont vous gérez vos entreprises criminelles respectives."

"Je suis désolé, ça te dérange ?" Je demande à Clarissa. Je me penche, tire son assiette vers moi et prends une grosse bouchée de poulet primavera. "Oh. Mon. Dieu. C'est délicieux. Je demanderais la recette au cuisinier mais nous l'avons malheureusement déjà tué.

Clarissa pleure. Pleurs. C'est une chef du crime maintenant, putain. Cole reste stoïque. Juste une fois, j'aimerais voir l'homme s'effondrer et la femme être froide comme la glace.

"C'est pour ça que tu voulais que j'attende ?" » dit Brian.

Je hausse les épaules. "Ça sentait si bon."

"Pouvons-nous faire ça maintenant ?"

"Une seconde." Je prends un morceau de pain à l'ail et le trempe dans l'huile d'olive. «Oh mon Dieu, Brian. Etes-vous sûr que vous n'en voulez pas ?

"Je suis sûr."

La musique s'arrête brusquement, puis il y a des cris. Le quatuor à cordes a enfin remarqué notre présence.

"Je t'emmènerai en italien plus tard", dit Brian.

"Promesse ?"

"Oui."

"Très bien", je grogne et repousse l'assiette. "Mes compliments au chef", dis-je en tirant sur Cole et Brian élimine Clarissa. À ce stade, mon adrénaline monte en flèche, alors lorsque les membres du quatuor à cordes se lèvent pour courir, je ne suis pas aussi bouleversé par les dommages collatéraux.

Quand il n'y a que nous dans la grande maison tranquille, je souffle les bougies sur la table pendant que Brian prend des photos de chacune des victimes avec un mince appareil photo numérique noir et le remet dans la poche intérieure de sa veste. Il refuse d'acheter un téléphone intelligent pour quelque raison que ce soit. Il dit que le risque pour la sécurité n'en vaut pas la commodité. Il ne s'occupe que de brûleurs prépayés qui ne lui sont pas liés, dont il peut facilement se débarrasser après un chantier. Bien sûr, les caméras laissent derrière elles leurs propres données et empreintes digitales, alors il les détruit également. Nous utilisons beaucoup d'électronique dans notre travail.

Nous sommes sur le point de sortir lorsque la porte d'entrée s'ouvre et qu'une fille brune qui semble avoir environ dix-sept ans entre. Elle laisse tomber son cartable au milieu du sol. Sa tête est penchée, concentrée sur son téléphone. Elle rit de quelque chose que quelqu'un a dû lui envoyer un texto, puis dit : « Sarah a un problème d'estomac, alors j'ai appelé un Uber. Il est dehors et attend son argent.

«Putain», marmonne Brian.

Elle lève les yeux, observe la scène sanglante devant elle et se met à crier – un long gémissement sans fin, un mélange d'horreur, de peur et de chagrin, chacun luttant pour la domination. Elle est enfin capable de former un mot.

"P-Papa?"

Mon cœur se brise pour elle. Des barons du crime et diverses merdes aléatoires avec des prix élevés sur la tête... Je peux tuer ces enfoirés sans valeur toute la journée sans casser un ongle ni le moindre sentiment de remords. C'est presque un acte de guérison et de nettoyage. Cathartique même. Mais j'essaie de ne jamais penser à ceux qui restent. Je dois compartimenter. Mais il est difficile de compartimenter quand la jeune fille innocente du gars que vous venez de tuer entre dans votre foutu projet artistique. "Non!" Dis-je en voyant l'intention dans ses yeux. « As-tu perdu la tête, Brian ? Putain, n'ose pas appuyer sur cette gâchette ! »

"Emmenez-la, je vais chercher le chauffeur Uber", dit Brian en se dirigeant vers la porte.

"Quoi?" Je ne peux pas l'avoir bien entendu.

Brian me regarde et il sait que je ne tirerais jamais sur ce gamin. Je n'arrive pas à croire qu'il l'ait même suggéré.

Il hausse les épaules face à mon manque de complaisance, tire sur la fille et, sans ralentir son pas, continue de sortir pour s'occuper du chauffeur.

La jeune fille reste là un moment, complètement abasourdie. Je suis sûr que mon expression reflète la sienne. Aucun de nous ne peut y croire, même si je devrais y être capable maintenant. Sa main se porte à son ventre. Elle le rapproche lentement de son visage pour voir son propre sang.

Elle jette un coup d'œil à son père, puis à moi, comme si elle essayait d'utiliser ses derniers instants de vie pour comprendre ce qui s'est passé – comme si connaître les détails ferait une différence dans la fin. Puis elle trébuche et tombe au sol.

Je me précipite vers elle, ma main pressée contre la sienne comme si ensemble nous pouvions retenir le sang, mais je sais que nous ne pouvons pas. Même si je pouvais appeler à l'aide, ils n'arriveraient pas à temps. Un coup au ventre comme celui-ci n'est pas récupérable.

« Je suis vraiment désolé », dis-je à travers mes larmes rassemblées. "Chérie, je suis vraiment désolé."

Mais elle est déjà partie, regardant le plafond sans ciller.

Je suis engourdie. Je n'arrive pas à croire que cela vient de se produire. Je n'arrive pas à croire Brian... Mais pourquoi pas ? Pourquoi je n'arrive pas à y croire ? Ce n'est pas comme si je n'avais pas eu des montagnes de preuves de ce qu'il est. Ce n'est pas comme si je ne savais pas qu'il était sociopathe. Mais j'ai compartimenté. J'ai romancé. Il était mon héros, donc peu importe qu'il soit le méchant du reste du monde.

"Allez, nous devons y aller", dit Brian. Ses paroles sont aussi désinvoltes que si nous étions en retard pour une réunion sans importance.

Je suis maintenant couvert du sang de cette pauvre fille et je ne peux pas retenir mes larmes. Les larmes se transforment rapidement en sanglots et je regarde Brian qui me regarde comme s'il ne pouvait pas comprendre cette crise. Et il ne peut pas. Il n'est même pas humain.

"Espèce de putain de monstre!" Je crie. « Comment as-tu pu marcher droit sur elle et lui tirer dessus sans cligner des yeux ? C'était une jeune fille innocente avec toute la vie devant elle.

«Ouais, et nous venons de tuer son père. Elle est tombée sur le corps ensanglanté de son père. Comment penses-tu qu'elle aurait évolué, Mina ? Nous ne pouvons pas laisser de témoins. Tu le sais. Elle est assez grande pour pouvoir parler à la police. Je vous ai dit en juillet que cette vie entraîne parfois des pertes et qu'il vous faudra décider si vous pouvez gérer cela.

« Va te faire foutre ! Espèce de putain de connard froid ! C'était juste une fille ! Juste un enfant. Qu'est-ce qui ne va pas chez toi ?

Je pensais que quelque chose en lui changeait, mais je me mentais en me racontant de jolies histoires sur la façon dont mon amour avait transformé la bête en prince. Mais dans la vraie vie, ils ne se transforment jamais vraiment en quelque chose de bon, n'est-ce pas ?

La façon dont il veille sur Aidan, je pensais... J'étais tellement stupide. Bien sûr, il n'a pas fait pousser un cœur dans ce trou noir et vide dans sa poitrine.

Brian soupire. « Je sais que c'est tragique mais... »

« Tragique ? Tragique?!? C'est juste un putain de mot pour toi, Brian. Comme de la glace ou des nouilles. Cela ne veut rien dire pour vous. Vous ne ressentez rien de réel ! »

Ma voix devient rauque à cause des cris.

« Mina... »

« Est-ce que tu ressens quelque chose pour moi ? Est-ce que tu ressens quelque chose ou est-ce juste un putain de masque ? Pourquoi s'embêter s'il n'y a rien en toi ? Pourquoi s'embêter à jouer avec moi et à faire semblant... »

« Pensez-vous que j'ai pris un certain plaisir à ça ? » demande Brian en désignant la fille.

« Oui, Brian. Je pense que tu l'as fait, putain, espèce de psychopathe ! »

"Je ne l'ai pas fait."

"Pourquoi pas?"

Il ne peut pas me répondre, mais je sais exactement pourquoi. Parce que je n'aimerais pas ça. La seule raison pour laquelle il n'aimait pas ça autant que n'importe quel autre meurtre, c'était parce qu'il savait que je n'aimerais pas ça. Mon mécontentement atténue ce qui serait autrement une journée normale pour lui.

"Je suis la seule laisse que tu as, et même dans ce cas, tu franchis toujours ces lignes !"

« Mina, nous devons y aller. Nous pourrons en parler plus tard.

Je me relève du sol. Et il y a une partie de moi qui est tellement vaincue en ce moment et prête à suivre Brian comme un chien docile frappé. Mais ensuite, il y a une autre partie de moi qui se désagrège au niveau des coutures. Je prends un verre de vin sur la table et le jette. Je jette l'autre verre de vin, puis j'attrape la bouteille. Je ne fais que commencer. « Mina ! » » crie Brian. "Nous devons partir. Maintenant! Nous n'avons pas le temps pour cette merde. Comme si je faisais une crise de colère à cause de quelque chose de stupide. Le putain de culot de ce type. Je vois du rouge. Je me retourne et lui lance la bouteille de vin. Il s'esquive juste à temps et l'objet heurte la fenêtre derrière lui. Et maintenant, je suis sur une lancée. Je jette des vases, des assiettes, tout ce qui peut se briser et qui n'est pas cloué.

Le fracas est tellement satisfaisant : l'éclaboussure de merlot rouge foncé contre le mur comme le début du processus d'un Jackson Pollock. Comment puis-je aimer ce monstre ? Pourquoi est-ce que je ressens ces choses pour lui alors que je sais qu'il ne peut pas revenir ?

Oui, je suis aussi un tueur. Cela ne me brise pas d'appuyer sur cette gâchette, mais j'ai des limites. Je ne peux pas éliminer des enfants innocents. Ou de gentilles vieilles personnes. Ou des chiots. Brian tirerait probablement sur un chaton s'il pensait que cela serait opportun.

J'attrape un couteau à steak sur la serviette de Clarissa... il est couvert de son propre sang. Je ne sais pas pourquoi elle avait besoin d'un couteau à steak pour le poulet primavera, mais je m'en fiche. Les yeux de Brian s'écarquillent comme s'il pensait qu'il allait devoir se défendre contre moi. Je ne peux pas poignarder ce salaud, mais je dois poignarder quelque chose.

Je plonge le couteau encore et encore dans le mur en criant. J'ai l'impression de m'effondrer complètement, ma rage devenant une entité vivante distincte avec sa propre âme et sa propre histoire.

Brian est derrière moi un instant plus tard, arrachant le couteau de ma main. Il le laisse tomber par terre. "Chut", dit-il en me tenant dans sa poigne semblable à un étau. Il me caresse les cheveux comme si j'étais une sorte de malade mental, au lieu d'être le seul dans cette maison à avoir une putain de réaction humaine normale à quoi que ce soit.

« Chut, Mina. Calme-toi. Calme-toi un peu. C'est bon, calme-toi. Respire, bébé.

Mais je n'ai pas le temps de me calmer... plusieurs portes s'ouvrent en même temps et je ne peux que supposer que des membres des gangs rivaux envahissent le domaine de Nolan.

dix

BRIAN

Baise-moi. Ma vie pourrait-elle être pire en ce moment ? Je garde Mina derrière moi. Je compte douze hommes. Ils ont vu les dégâts que Mina et moi avons causés. Certains d'entre eux semblent particulièrement en colère contre la jeune fille. Ouais, je comprends, j'ai merdé. Passons à autre chose.

Nous n'aurions aucune chance à l'heure actuelle si la moitié d'entre eux n'étaient pas issus de chaque organisation criminelle et qu'ils veulent vraiment s'entre-tuer plus qu'ils ne semblent vouloir nous tuer.

Les hommes nous évaluent moi et Mina, puis s'évaluent mutuellement pendant que Mina et moi les évaluons. C'est beaucoup d'évaluation.

Je vois le combat en eux. Je vois la question tacite. Nous tuent-ils d'abord ou commencent-ils simplement la guerre qu'ils voulaient commencer maintenant que leurs dirigeants ne peuvent pas les retenir ? Je ne sais pas quelle est la bonne décision. Si nous commençons à tirer, concentreront-ils tous leurs efforts sur nous jusqu'à ce que nous ne soyons plus la plus grande menace ?

Je suis sûr que ce ne sont pas tous les membres de ces deux groupes. Mais il est clair maintenant, avec le recul, que quelqu'un soupçonnait que quelque chose se passait et qu'il savait que Cole ne quittait pas réellement la ville. Je me demande si certains d'entre eux étaient au courant de cette affaire depuis le début et voulaient les prendre sur le fait. Peut-être que leur présence ici était censée être une opération d'infiltration pour confronter Cole et Clarissa sur leur trahison.

Ces types n'étaient peut-être même pas au courant des contrats sur la tête de leurs patrons. Pourquoi s'embêter à lancer un coup dur alors qu'ils pourraient simplement destituer eux-mêmes leurs dirigeants ? Pourquoi faire venir des touristes ?

C'est beaucoup d'argent pour quelque chose qu'ils étaient parfaitement capables de faire seuls. Du coup, je ne suis même pas sûr qu'on soit payés pour cette merde, et ça m'énerve. J'aurais pu causer un préjudice irréparable à ma relation avec Mina, et s'il n'y a pas de salaire en plus, à quoi ça sert exactement ?

Je me demande où ils attendaient dehors et combien d'appareils d'écoute ils avaient installé pour savoir quand entrer ici. M'ont-ils vu tirer sur le chauffeur Uber ? Ont-ils entendu la bagarre entre moi et Mina ? L'idée même que ces connards puissent écouter un moment aussi privé me met en colère.

Mais peut-être que les auteurs des contrats ne sont même pas là ce soir. Peut-être que l'argent est déjà transféré par des gens qui n'ont aucune idée de la façon dont tout cela a mal tourné.

Peut-être y a-t-il différentes factions dans les rangs avec des objectifs et des idées différents sur la manière dont les choses devraient se dérouler ici. Ce n'est pas comme si s'en prendre à l'un de vos dirigeants n'était pas mal vu dans ce genre de vie. Peut-on monter sur le trône s'il n'est pas le prochain dans la ligne de succession ?

Une telle ligne n'est-elle pas destinée à arrêter des OPA hostiles comme celle-ci ? "Eh bien, c'est intéressant", dit finalement l'un des hommes, son regard posé sur moi. Je ne sais pas exactement pourquoi il a ressenti le besoin de me laisser l'espace de trois minutes de monologue intérieur avant de dire quelque chose d'aussi peu inspirant, mais peu importe.

Je me demande si nos clients sont membres de l'un ou l'autre de ces deux groupes. Peut-être que c'est juste quelqu'un qui veut profiter du chaos pour s'emparer d'un territoire. Peut-être que ces gars ont été prévenus et que tout cela était un coup monté depuis le début.

"Comment ça?" Je demande.

Il me regarde comme un gros sportif idiot, ce qu'il était probablement au lycée. Je pense qu'il ne s'attendait pas à devoir expliquer pourquoi venir ici pour nous trouver moi et Mina avec leurs leaders, une adolescente et un quatuor à cordes complet mort est si intéressant. Mais, comme un professeur de mathématiques, j'aime quand les gens montrent leur travail.

"Ferme ta gueule", dit-il.

Je ris juste. Espérons qu'ils se battent aussi durement qu'ils s'entraînent verbalement. Si tel est le cas, nous pourrions en sortir vivants. J'entends un clic métallique et je réalise que Mina vient de charger un autre chargeur dans son arme. Elle est prête.

Et je suis toujours prêt.

Je suis soulagé qu'elle ne soit pas trop en colère parce que je tire sur la fille pour se défendre. Je l'ai peut-être perdue, mais je ne peux pas la perdre.

"Je dis qu'on élimine d'abord ces deux connards, puis on se bat", dit le grand imbécile.

«Ils vous ont tous trahis», dis-je. « Mettre leurs propres passions au-dessus de leur peuple. Nous vous avons rendu service et vous le savez. Je pense qu'une telle gentillesse mérite un laissez-passer gratuit pour sortir par cette porte, n'est-ce pas ?

Il y a toujours une infime chance que nous puissions sortir d'ici et laisser ces idiots s'entre-tuer.

Quelques hommes ont l'air nerveux. Ils attendent des ordres, mais ils se regardent attentivement et la maîtrise de soi semble s'épuiser. Finalement, un gars nerveux avec des lunettes et un tatouage au cou se précipite sur l'un des hommes de l'autre côté, puis ils rejoignent tous le combat.

Dumbass a toujours les yeux rivés sur nous et se précipite vers moi avec détermination. Je décharge le reste de mes munitions dans sa poitrine et il tombe. Mina s'est éloignée derrière moi et élimine un autre membre du gang qui se dirige vers elle avec un couteau. Je ne peux pas accéder à mes autres chargeurs parce que je ne m'attendais pas à une mêlée, alors je range mon arme dans mon étui et prends un plateau en argent massif. Je le lance comme un frisbee sur l'un d'eux, et le fil tranchant du rasoir lui tranche la gorge. Le métal heurte le sol dur, obligeant un autre gars à marcher dessus et à glisser de façon comique sur le sol. Je frappe celui-là à la gorge et attrape la main de Mina. Le combat fait rage avec des grognements, des coups de pied, des chaises fracassantes et des objets non identifiables qui claquent. De temps en temps, j'entends le claquement nauséabond d'un couteau tranchant la peau. Ces gars-là ne se battent-ils pas avec des armes à feu ? Peut-être ont-ils besoin de plus de violence intime que ne le permet une arme à feu. Je jette un coup d'œil à Mina. Elle a recommencé à pleurer. Putain. «Je suis désolé», dis-je. "Pour quoi?" Elle a l'air tellement vaincue et je déteste avoir mis ce son dans sa voix. Je me suis promis que je ne serais jamais celui qui la briserait ou lui ferait du mal.

Nous fuyons le combat et nous cachons sous les énormes escaliers de l'entrée. C'est tellement énorme qu'on a à peine besoin de s'accroupir. Puisqu'ils ne nous ont pas laissé sortir, nous ne les laissons certainement pas en vie pour parler de nous plus tard. J'en profite pour recharger des magazines. Je ne sais pas pourquoi j'ai choisi des endroits aussi difficiles sur mon corps pour les étuis à munitions. Je dois me contorsionner comme un clown de cirque pour les avoir.

Je soupire. "Mina, tu sais que je ne peux pas ressentir les choses que tu veux que je ressente. Je vous ai dit dès le début ce que je suis.

« Tu n'étais pas obligé de la tuer », murmure-t-elle. « Il y avait d'autres options. Vous auriez pu la menacer. Elle n'aurait peut-être pas parlé.

«Mais elle a quand même perdu son père. Nous l'avons tué. Tu l'as tué. Nous n'éliminons pas seulement les mauvaises personnes qui le méritent. Nous détruisons en même temps l'avenir de toute leur famille. Vous l'avez toujours su. Je suis peut-être un monstre, mais au moins je comprends ce que nous faisons réellement ici. Même si ma compréhension de l'empathie n'est qu'un exercice intellectuel et ne pourra jamais l'être davantage.

Elle ne répond pas parce qu'elle sait que j'ai raison. Peut-être que je n'aurais pas dû tirer sur la fille. Peut-être qu'il y avait une autre façon. Ce n'est pas aussi pratique, mais est-ce que faire exploser ma relation avec Mina vaut vraiment la commodité d'une mise à mort propre et sans témoins ?

Je n'arrive pas à décider.

Je ne dis rien d'autre, je prends juste sa main et la serre. Après un long moment, elle recule. Et je ne sais pas ce que ça veut dire, mais je pense qu'elle finira peut-être par me pardonner. Mais je ne suis pas sûr qu'elle pourra un jour me revoir de la même manière après ce soir, et je sais que ce choix me hantera.

Les combats ont ralenti et il semble qu'il n'en reste plus que quelques-uns. Je croise son regard, une question dans le mien, et elle hoche simplement la tête. J'acquiesce en retour, puis nous quittons notre cachette pour éliminer les derniers gars ensemble.

Il en reste cinq. Je suppose qu'ils vont vraiment tous se battre jusqu'à la mort.

Pas grave. Quatre gars. L'un d'eux vient d'être poignardé au rein.

Tous les quatre se retournent contre nous, et... putain, peut-être qu'on aurait dû rester cachés jusqu'à ce que ce soit fini. Il semble que les quatre restants soient tous du même côté. Mina et moi dégainons nos armes en même temps. Nous abattons chacun un des gars, puis l'arme de Mina se fait arracher de la main par l'un des deux autres. Je pointe mon arme sur lui, mais je me fais plaquer par derrière par l'autre gars.

Je me bats pour essayer d'avoir suffisamment d'espace entre moi et cette merde pour lui tirer une balle. En même temps, j'essaie de garder un œil sur elle. Mon arme est arrachée de ma main et glisse sur le sol. J'arrive à repousser mon homme et à sortir le deuxième pistolet de son étui. Je me retourne et tire sur le gars qui essaie d'étouffer Mina.

Il lâche prise et tombe mort au sol. Avant que je puisse retourner l'arme sur le dernier homme debout, il me l'enlève des mains. Bon sang, qu'est-ce qu'il y a avec ces gars-là ? Assez avec ces putains d'arts martiaux.

Cet idiot me tient coincé, ses grandes mains enroulées autour de ma gorge, et je n'arrive pas à atteindre mon arme pour le dégager de moi. Du coin de l'œil, je vois un reflet métallique brillant. Mina le tire par les cheveux et lui tranche la gorge avec la lame du couteau gravé que je lui ai donné. Il relâche son emprise pour s'agripper à sa propre gorge alors qu'il s'étouffe et saigne partout sur moi.

Elle le pousse sur le côté et essuie sa lame sur sa chemise avant de la remettre dans son fourreau.

"J'aime vraiment ce couteau." Elle me tend la main pour m'aider à me relever.

J'aime vraiment ce couteau aussi.

Ensemble, nous étudions le carnage. C'est... beaucoup.

Je trouve la cave à vin et amène plusieurs bouteilles. Je n'ai pas besoin d'expliquer à Mina ; nous sommes absolument mentalement synchronisés en ce moment. Nous embrouillons la scène du crime, rendant la tâche un peu plus difficile pour les bonnes personnes de la police locale de faire leur travail. Ensemble, nous versons le vin sur les corps. J'enlève le linge de la table, le trempe dans le feu, puis le jette au centre de la pièce.

En quelques instants, les flammes montent jusqu'au plafond. Je prends la main de Mina et nous sortons.

"Pensez-vous que Gremlin va reprendre les couteaux et les étoiles de lancer que nous n'avons pas utilisés ?" dit-elle en nous dirigeant vers la voiture.

"Ça ne peut pas faire de mal de demander." Mais pas ce soir. La journée a déjà été longue.

11

MINA

« Pensez-vous que nous avons laissé des preuves derrière nous ? » Je demande. J'étais cavalier lorsqu'il s'agissait d'une mise à mort propre et ordonnée, mais au final, c'était plus compliqué qu'il n'aurait dû l'être. Et même avec la mauvaise direction des tirs et toutes les précautions que nous avons prises, on a toujours l'impression que tout est dangereux.

"Non", dit Brian. Mais il tient le volant dans une poigne mortelle, démentant ses craintes.

Je parcours mentalement la chaîne des événements. Les appareils d'écoute que Brian avait installés ont sans aucun doute été détruits dans l'incendie, ainsi que probablement tous les appareils laissés par quelqu'un d'autre. Nous avons fouillé la propriété jusqu'à ce que nous trouvions la camionnette dans laquelle les données entraient. Un seul côté surveillait officiellement le domaine Nolan, l'autre côté les surveillait. Brian a détruit la technologie dans la camionnette et il n'y a eu aucun enregistrement. Donc tout est propre. Tout est propre. C'est bon. Peut-être que si je me le répète cent fois de plus, je le croirai.

"Brian, ça va ?"

"Non." Sa main tremble alors qu'il essaie d'allumer la radio et sans doute le CD de Chopin avec lequel nous avons voyagé.

Je referme ma main sur la sienne et l'éloigne de la console, puis de ma main libre, j'allume la musique. Il laisse échapper un long soupir lent alors que le deuxième nocturne de Chopin commence à jouer. Je me demande ce que ressentirait le compositeur sachant qu'il apaise régulièrement l'âme d'un tueur impénitent.

Peut-être que je suis mentalement obsédé par les preuves qui ont pu être laissées derrière pour éviter de penser à la seule chose à laquelle je ne veux pas penser. Cette fille.

Et le plus horrible dans tout cela ? Je ne suis toujours pas contrarié. Je ne comprends pas. J'étais tellement bouleversé quand c'est arrivé. J'ai eu une putain de crise complète. Mais c'est presque comme si tous les sentiments que j'avais libérés avaient été capturés, mis dans une bouteille, puis placés sur une étagère hors de ma portée. Cela ne peut pas être normal. Même pour un tueur.

Je veux rester en colère contre Brian. J'ai envie de le haïr, mais je ne pense pas qu'il lui soit venu à l'esprit un seul instant qu'il devrait faire autre chose que de lui tirer dessus. Lorsqu'il a effectué la reconnaissance initiale, il savait que la fille de Cole était une senior sur le point d'obtenir son diplôme ce printemps, donc pour Brian, elle était à peu près une adulte. Bien sûr, je ne pouvais pas utiliser le même raisonnement que celui que j'avais utilisé pour sauver un enfant de cinq ans.

Il pensait à nous. Me protéger. Mais faut-il vraiment être protégé ? Je ne sais plus. Tout ce que je sais, c'est que je glisse de plus en plus loin sur un chemin dont je ne pourrai pas revenir. C'est un aller simple. Comme chaque petit morceau de mon âme est ciselé, je ne pourrai pas le retrouver pour le remettre à sa place. Je passe le bout de mes doigts sur le manche en ivoire sculpté de mon nouveau couteau et je respire.

Je me demande si j'aurai un bleu sur la gorge demain à cause de ce type. Je me demande si Brian le fera.

Regarder cette fille se vider de son sang devrait avoir des effets persistants sur moi. Cela devrait créer un traumatisme. Qu'est-ce qui ne va pas chez moi si ce n'est pas le cas ? Suis-je tellement habitué à être humain que je me suis convaincu que je le suis toujours ? Et si je ressemblais plus à Brian que je ne veux l'admettre ? Et alors ? Puis-je me permettre de retomber dans l'obscurité décadente et d'abandonner ma conscience pour toujours ? Ce serait certainement plus facile ainsi.

Je me souviens de la première fois que j'ai ressenti ce calme étrange. C'est lorsque Brian m'a ramené du Japon après m'avoir sauvé de Matsumoto. Je me souviens d'avoir mangé calmement mon dîner tandis que les cris de la femme que Brian torturait pour m'avoir mis en danger dérivaient vers notre cachot.

Je me sentais comme un canard flottant au bord d'un lac clair et paisible, ce n'était pas un souci du monde. Je me souviens avoir ressenti un peu de démangeaisons. Et c'était tout. C'est ce que je ressens maintenant. Pourquoi Brian est-il si nerveux alors que je suis si calme tout d'un coup ? Suis-je fou? Suis-je sous le choc ? Ai-je perdu mon esprit? Est-ce que Brian ramasse les fragments d'âme que je perds ? Deviendra-t-il le bon pendant que je deviendrai le mauvais ?

Je sais qu'il ne se sent pas mal à propos de la fille. Il est secoué par ce dernier combat et à quel point cela a été serré pour nous deux.

Nous avons peut-être laissé des preuves derrière nous ou non, mais il y a certainement des preuves physiques dans cette voiture parce que nous sommes couverts de sang. Pas le nôtre. Je me trouve reconnaissant pour tout le plastique. Nous ne parlons pas pendant que Brian se gare devant la chambre du motel. Notre chambre se trouve à l'arrière isolé de la propriété où personne ne verra nos allées et venues. C'est la seule raison pour laquelle nous ne sommes pas encore au Biltmore.

Les beaux endroits ont des caméras. Les endroits agréables ont des gens qui remarquent les choses et aiment être utiles. Dans des endroits comme celui-ci, personne ne voit rien, et s'ils le font, ils ne sont pas assez payés pour parler.

Je lui prends la clé et ouvre la porte. Nous restons à l'intérieur de la pièce, nous regardant tranquillement. Il y a tellement de putain de sang.

"Nous devrions nous doucher", dis-je.

Mais Brian me regarde toujours. Il fait un pas en avant et, instinctivement, je recule. Cette danse continue jusqu'à ce que mon dos touche le mur et qu'il n'y ait plus nulle part où aller.

"Veux-tu d'abord prendre une douche ou devrais-je..." Je ne sais pas pourquoi je babille encore en ce moment.

Il pose un doigt sur mes lèvres, me faisant taire.

Mes yeux se ferment involontairement tandis que le dos de sa main caresse mon visage. Je me penche sur lui. Je ne sais même pas s'il met encore plus de sang sur moi. Et je m'en fiche. Il me touche. Nous sommes ici ensemble dans cette pièce, tous les deux vivants. Et il me touche.

Il repousse mes cheveux de mon visage, puis il prend mon menton dans sa main et me rapproche. Je halete contre sa langue envahissante. Ses baisers sont lents, langoureux, me touchant comme une douce pluie crépitant sur un toit de tôle.

Il me faut tout pour ne pas recommencer à pleurer, car la terrifiante perte froide d'émotion qui commençait à m'envahir comme des vignes glacées a de nouveau reculé. Quand sa bouche est sur la mienne, j'ai brièvement l'impression d'être toujours humaine. Je me demande s'il ressent la même chose.

"Brian..." je murmure quand il se recule suffisamment pour que je puisse parler.

"Chut."

Il me tourne face au mur et pose mes mains à plat contre celui-ci.

« Brian ! Maudites empreintes digitales ! »

Sa bouche se pose soudain à mon oreille. "Chut, nous allons enlever le papier peint et l'emporter avec nous."

Il veut dire comme un trophée ? Je n'arrive pas à réfléchir pour le moment.

Il tire mes cheveux sur le côté et me lèche la nuque, puis commence à m'embrasser et à me mordre doucement. Un gémissement s'échappe de ma bouche alors que je me recule, avide de plus de lui malgré tout. Il enroule mon âme autour de son doigt et m'entraîne simplement pour le trajet.

Puis il commence à dégrafer mon corset. Après le dernier crochet, il touche le sol, se soumettant au désir insistant de Brian bien plus rapidement que moi. Le Kevlar suit le corset.

Derrière moi, il déboutonne et ouvre mon pantalon en cuir, le faisant glisser en partie le long de mes cuisses. Je peux sentir son érection contre le bas de mon dos alors qu'il se presse contre moi.

Mon souffle se bloque dans ma gorge lorsqu'il sort un couteau et le tient là où je peux le voir.

"Brian..." je murmure. "Que fais-tu?"

"Chut," dit-il encore. Il fait glisser légèrement la pointe de la lame dans mon dos, provoquant un frisson involontaire, et je ne sais pas si c'est par peur ou par désir. Il s'arrête et coupe mon string, puis il jette la soie rouge déchiquetée sur le sol.

Je me mords la lèvre pour arrêter les millions de questions qui me traversent l'esprit. Il n'y a rien pour l'enchaîner, et ce n'est pas comme le champ de citrouilles d'Halloween. Ceci est différent.

« Soyez très très tranquille », dit-il. Puis il coupe le pantalon en cuir de mon corps. Il coupe les coutures avec une précision chirurgicale et les arrache.

"J'ai aimé ce pantalon", je fais la moue.

«Je les aime bien par terre, là où ils sont», gronde-t-il. "Maintenant, sors."

Je ne proteste pas contre le fait que nous aurions pu simplement enlever le pantalon - probablement beaucoup plus facilement - mais je pense qu'il veut mettre les bottes, et rien ne tue une ambiance sexy plus vite que de devoir enlever les bottes avant le pantalon.

Il m'aide à sortir du cuir détruit et me tourne pour lui faire face. La seule chose qui me reste est mon col et mes bottes noires à talons hauts. Ma poitrine monte et descend, et son regard se pose sur mes seins nus. Ses pupilles sont dilatées comme un animal affamé, et je n'ai jamais eu autant l'impression qu'un autre être se demandait s'il devait me baiser ou me manger qu'à cet instant.

Et je n'ai jamais autant remis en question ma santé mentale, pourquoi ça m'excite.

« Reste », dit-il.

Je ne bouge pas d'un pouce tandis qu'il se dirige vers ma valise et commence à en fouiller le contenu. Finalement, il revient avec un gros élastique à cheveux.

"Relève tes cheveux."

Je lui prends le serre-tête et j'obéis à son ordre. Ses mains ne tremblent plus. Ce qu'il a vécu pendant le trajet jusqu'ici s'est transformé en autre chose. Une intention sauvage, mais contrôlée. Et c'est seulement maintenant que je réalise à quel point ses mains étaient vraiment stables il y a quelques instants à peine lorsqu'il coupait le cuir de mon corps.

Il recule de quelques pas et s'assoit sur le lit, son regard se déplaçant lentement sur moi. J'ai tellement envie de parler en ce moment, mais je sais que si je dis quelque chose, il ne me répondra pas et je briserai ce moment. Je veux lui demander s'il veut que je fasse quelque chose. Je ne peux pas me déshabiller, il n'y a plus rien à enlever. Tout ce que je peux faire, c'est rester ici, nu sous son regard impitoyable, et attendre.

Combien de temps va-t-il me garder dans ces limbes ? Combien de temps va-t-il me regarder comme ça ? L'espace entre mes jambes brûle et palpite de désespoir. J'ai besoin qu'il me touche.

Finalement, il se lève du lit et enfile son T-shirt noir par-dessus la tête, puis le Kevlar. Et puis j'obtiens cette vue imprenable sur des muscles compacts et élégants et des abdominaux en planche à laver.

Nous voilà : deux tueurs, déshabillés, couverts de tant de putains de preuves.

Il s'approche, toujours vêtu de son pantalon. Sa main s'accroche autour de ma taille et il me tire contre lui jusqu'à ce que je puisse presque chevaucher son érection comme ça. Je pourrais presque m'en sortir s'il me laissait juste me frotter à lui.

"Mina, je vais te baiser maintenant. Et tu vas t'allonger doucement sous moi et en prendre chaque centimètre comme la gentille fille que tu es.

"D'accord", c'est tout ce que je peux dire. C'est à peine plus qu'un soupir.

Et puis sa bouche est à nouveau sur la mienne, sa main sur ma nuque alors qu'il cherche à me dévorer. Il nous amène au lit et m'allonge doucement au milieu. Il déboutonne son pantalon puis un instant plus tard, il enfonce sa grosse bite rigide en moi.

Je laisse échapper un halètement alors qu'il s'assoit complètement en moi, puis sa bouche se pose à nouveau sur ma gorge, l'embrassant et la léchant alors qu'il bouge lentement. J'arrive à peine à croire qu'il... me fait l'amour ?

Comme un couplage humain normal. Pas de fouets ni de chaînes. Je n'ai pas besoin de l'attacher pour qu'il ne devienne pas incontrôlable. Pas de baise violente et folle, juste des rapports sexuels lents et doux. Mon cerveau est peut-être en court-circuit en ce moment.

Je gémis quand sa main passe entre mes jambes pour caresser le bourgeon gonflé qui a faim de son contact depuis cette longue éternité qu'il me fait attendre. Je bouge avec lui, mon dos se cambrant, mes gémissements et mon haletant de plus en plus forts.

"Oui, Killer, juste comme ça, viens me chercher, ma chérie."

Et puis je le fais.

Il gémit alors que mes muscles se contractent autour de sa queue, puis quand il ne peut plus se retenir, il se répand en moi, son propre plaisir se mêlant au mien.

Nos yeux sont fermés. Je ne veux pas rompre cette intimité silencieuse. Il reste en moi jusqu'à ce qu'il devienne mou, puis il se retire et s'appuie contre la tête de lit. Il me tient contre lui, son souffle haletant.

"Brian?" dis-je enfin.

"Ouais?"

"J'ai faim."

Il se contente de rire. « Il y avait un dîner toute la nuit à quelques kilomètres de là. Nous allons nous nettoyer et prendre quelque chose.

"D'accord."

Nous nous lavons sous la douche, en prenant soin de bien éliminer tout le sang. Brian me lave les cheveux et je lave les siens. Et enfin, quand nous n'avons pas l'air d'avoir assassiné un groupe de personnes, nous sortons, nous séchons et nous habillons avec des vêtements frais.

Je le regarde enfiler des gants et commencer à mettre les vêtements ensanglantés détruits dans un grand sac poubelle noir. Puis il retire le papier peint ensanglanté du mur et vérifie le reste de la pièce à la recherche de preuves. Il enlève le lit et le met également dans des sacs poubelles. Lorsqu'il est sûr d'avoir tout compris, il met les sacs dans le coffre. Il enlève le plastique de l'intérieur de la voiture, l'enroule et l'ajoute au reste pour le jeter, puis nous montons dans la voiture pour aller manger. Juste deux personnes lors d'un rendez-vous tard dans la nuit pour la Saint-Valentin.

"Oh, attends..." dis-je.

Il se tourne vers moi, une question dans le regard.

"J'ai oublié de te donner ton cadeau."

Il sourit. "Je l'ai déjà."

"Non, je veux dire ce que je t'ai acheté avant notre départ."

Je retourne dans notre chambre, sors le paquet emballé de mes sacs et le lui apporte. Je me sentais un peu idiot de l'envelopper avec du papier d'emballage coeur rose et rouge, jusqu'à ce que je reçoive son cadeau et sa carte. Maintenant, j'aurais aimé lui offrir quelque chose de plus sentimental.

"Ce n'est pas aussi romantique que le tien", dis-je alors qu'il déchire le papier.

Il sort la veste noire de la boîte, presse le cuir contre son visage et inspire profondément.

«Vache morte. J'approuve." Il dit.

« Le vôtre était en quelque sorte battu. J'ai pensé que tu pourrais en utiliser un nouveau.

«Je l'adore», dit-il en enfilant le nouveau manteau par-dessus son T-shirt.

12

BRIAN

Je n'avais pas vraiment vu le restaurant quelques kilomètres en arrière, j'avais vu le panneau indiquant le restaurant quelques kilomètres en arrière. Et il s'avère que ce sont deux choses complètement différentes.

Une fois que nous avons quitté l'autoroute, il nous a fallu encore cinq kilomètres avant que le Laney's Diner apparaisse devant nous comme une oasis dans le désert avec une enseigne bleue éclairée au néon.

Une flèche rose fluo pointe vers le restaurant, comme si nous pouvions un jour rater le seul bâtiment dans un vaste désert sans rien à perte de vue. Un panneau clignotant sous le premier panneau indique : « Maison de la célèbre pile de crêpes aux myrtilles de Laney ».

Il n'y a que quelques voitures et quelques semi-remorques dans le parking craquelé et déformé. Il doit être comblé et noirci. Je me gare sur le côté du bâtiment et fais le tour pour atteindre la porte de Mina. Je fais une vérification rapide des armes et remarque que Mina fait de même. C'est un instinct pour moi depuis longtemps maintenant. Ces comportements sont encore nouveaux pour elle, mais ils commencent également à devenir sa seconde nature.

Je suis si fier.

Je prends un moment pour prendre conscience de mon environnement. Il n'y a pas grand chose à voir. Ce n'est qu'un désert plat avec des cactus occasionnels qui sortent du sol. Même en février, il fait chaud ici pendant la journée, mais la nuit, il fait beaucoup plus frais que prévu. Mina ne porte pas sa veste alors j'enlève la mienne et la mets sur ses épaules.

"Admets-le, tu viens de l'acheter pour pouvoir le porter."

Elle me sourit et resserre le cuir contre elle.

Comment un restaurant aussi loin dans un endroit désert peut-il rester à flot ? Mais c'était le seul arrêt de restauration sur des kilomètres et des kilomètres sur cette portion d'autoroute, et le panneau indiquant la route principale donne l'impression que c'est beaucoup plus proche qu'il ne l'est en réalité. Je suppose que Laney parie qu'une fois que vous avez commencé à vous rendre au restaurant, vous êtes déterminé, alors autant aller jusqu'au bout et manger quelque chose pendant que vous êtes ici.

Le restaurant lui-même est doté de baies vitrées tout autour, à l'exception de l'arrière où se trouve la cuisine. On a l'impression que nous sommes sur le point de manger chez un concessionnaire automobile. Le toit présente des angles de saillie étranges, ce qui me fait penser que cet endroit n'imite peut-être pas seulement l'esthétique des années 1950, mais qu'il est peut-être resté ici aussi longtemps.

La porte sonne lorsque je l'ouvre pour Mina.

«Nous avons un rendez-vous le jour de la Saint-Valentin», dit-elle.

"Ce n'est pas un rendez-vous", je grogne.

Elle me frappe au bras et me fait un clin d'œil. «Tu sais que c'est un rendez-vous, Brian. Et juste à temps aussi. Elle montre l'horloge au-dessus du comptoir qui, si elle est correcte, nous indique qu'il est

11h47. Seulement treize minutes avant la fin de ces vacances d'amour d'une douceur dégoûtante.

Il y a des roses rouges sur toutes les tables pour célébrer cette journée de douceur sucrée. De grands cœurs en papier rose et rouge pendent d'un plafond endommagé par l'eau. Les cœurs se balancent légèrement d'avant en arrière depuis les bouches d'aération.

Une femme âgée aux longs cheveux gris tirés en chignon, vêtue d'une robe bleu clair à petits pois blancs et d'un tablier blanc nous accueille avec des menus. "Tu peux t'asseoir où tu veux, poupée, je t'aurai dans une minute. Nous servons le petit-déjeuner toute la journée et toute la nuit », dit-elle à Mina.

Elle est originaire d'un État du Sud et a une voix traînante et épaisse.

Elle ne me regarde pas dans les yeux et ne reconnaît même pas mon existence, mais je sais qu'elle avait juste ces poils dressés sur la nuque qui ressentaient avec moi. Elle me sent, même si elle ne me regarde pas. Eh bien, cela me permet au moins de me sentir un peu mieux dans ma peau. Je suis toujours moi, et le danger étranger a toujours une signification dans le monde.

Mina prend les menus proposés et nous guide vers un stand au fond.

"Ça va?" me demande-t-elle.

J'acquiesce et m'assois face à la porte. Je sais que nous sommes au milieu de nulle part, loin du danger des opportunistes qui me connaissent, mais les vieilles habitudes ont la vie dure. Il n'y a qu'une seule entrée client. J'imagine qu'il y a une sortie de secours à côté des toilettes et s'il n'y en a pas, il y en a certainement une dans la cuisine.

D'après ce que je peux dire, il y a un cuisinier et deux serveuses qui travaillent ce soir : la femme plus âgée et une jeune rousse qui s'occupent de l'autre côté du restaurant. Un homme seul est assis à une table entre la porte d'entrée et un juke-box à l'ancienne qui, heureusement, ne joue pas. C'est peut-être juste décoratif.

Quelques tables directement entre notre stand et la sortie sont assises deux grands hommes. Je suppose que les deux semi-remorques sur le parking sont à eux. Ils portent de vieilles chemises bleues avec un patch blanc et une épaisse broderie rouge sur laquelle est cousu leur nom.

Floyd et Mack. Personne ne peut deviner si ce sont leurs vrais noms ou s'ils ont acheté les chemises chez Goodwill.

Il y a un homme plus âgé, vêtu d'un manteau marron en lambeaux, qui sirote un bol de soupe. Il est assis au comptoir juste en face de nous et à quelques mètres de Mina, ce que je n'aime pas, mais je ne vais pas nous déplacer là-dessus. Outre sa proximité, notre emplacement est parfait et ce n'est pas comme s'il représentait une menace pour qui que ce soit.

Quelques minutes plus tard, la serveuse plus âgée revient. Elle pose sur notre table une cafetière presque pleine qu'elle utilisait juste pour verser des recharges aux camionneurs. Elle s'essuie les mains avec son tablier et en sort un bloc de papier et un crayon. Son badge indique « Dottie ».

Compte tenu de la clientèle de ce restaurant, il est immédiatement évident qu'ils restent en activité même en restant ouverts toute la nuit au milieu de nulle part. Il semble que ce soit un endroit populaire auprès des camionneurs.

"Maintenant, qu'est-ce que je peux vous offrir tous les deux ?"

Elle regarde Mina, évitant toujours mon regard, mais je parle en premier. « Dottie, je prendrai un T-bone, mi-saignant, des pommes de terre rissolées, deux œufs au plat et un café. Noir."

Elle griffonne furieusement ma commande. "Et pour toi, chérie?" Elle regarde Mina un peu trop attentivement, comme si elle cherchait des signes que je la bats.

« Des crêpes aux myrtilles, les plus connues, et du café », dit Mina en lui adressant un sourire désarmant.

"Crème et sucre?"

"Non, noir."

"À venir." Elle s'éloigne à peine de la table qu'elle crie : « Hank ! et se charge de rapporter la commande à un cuisinier qui vient d'apparaître à la vitrine comme par magie. Il faisait probablement une sieste là-bas. Elle accroche notre commande à une roue métallique grinçante et la fait tourner au gros gars dans la cuisine qui la regarde, grogne, puis se met au travail.

Il y a une télévision suspendue au plafond à un angle que la plupart des clients peuvent voir au moins partiellement, et elle est allumée.

"Montez ça!" quelqu'un crie.

La serveuse rousse monte le volume.

« Nous sommes ici au lendemain d'une guerre de gangs à la Saint-Valentin avec plus de vingt victimes, dont, tragiquement, une adolescente qui semble être tombée par hasard sur les événements de la nuit. Plus tôt dans la nuit, les pompiers ont été appelés sur ce qui semblait être un incendie de maison dans le domaine isolé de Nolan, pour découvrir une scène encore plus grizzly et choquante. Cole Nolan, PDG de Nolan Tactical, un fabricant d'armes de poing de taille moyenne, est soupçonné depuis longtemps d'être le chef de l'une des organisations criminelles les plus notoires de la région de Phoenix... »

Mes muscles se raidissent. La dernière chose dont j'ai vraiment besoin en ce moment, c'est que Mina se souvienne de cette merde - pas comme si elle pouvait l'oublier, mais quand même, le fait de nous le faire remarquer toutes les cinq minutes n'est pas vraiment propice à la poursuite de notre relation.

Dottie revient avec notre café. Elle lève les yeux vers le journal télévisé et secoue la tête comme si elle était plus déçue que choquée par tout le mal qui existe dans ce monde. Je suis sûr qu'elle ne me servirait pas calmement mon café en ce moment si elle savait que c'est moi qui ai tué cette fille.

«C'est vraiment dommage», dit-elle. « Et pourquoi fallait-il que ce soit le jour de la Saint-Valentin ? Ces psychopathes ne peuvent pas nous laisser passer une bonne journée d'amour et de bonbons ?

Je lui souris tendrement et la remercie pour le café. Elle quitte notre table et éteint la télévision face aux gémissements de certains clients.

"Nous avons passé une belle journée aujourd'hui", dit-elle, "et nous ne la gâchons pas avec les nouvelles."

Quelques minutes plus tard, elle revient et pose une assiette de crêpes moelleuses aux myrtilles devant Mina. «Le vôtre prendra un peu plus de temps», me dit-elle avant de retourner à la cuisine.

Pas de chérie, chérie, poupée ou chérie pour moi, je suppose.

Mina déguste ses crêpes et je prends une gorgée de mon café et continue de regarder les gens. Je me tends lorsque deux voitures noires s'arrêtent juste devant les doubles portes. Je prends une longue et lente inspiration.

Arrête d'être paranoïaque, Brian. Personne ne s'en prend à toi. Personne ne sait que nous sommes ici.

Et pourtant, je ne peux pas empêcher la façon dont mon corps semble s'enrouler comme une vipère prête à frapper alors que les portes des voitures s'ouvrent et se ferment en tandem.

Les voitures roulent toujours. Les phares éclairent les portes d'entrée du restaurant. Je cherche à nouveau frénétiquement cette sortie de secours, lorsque quatre hommes vêtus de noir et sanglés avec des armes font irruption dans le restaurant. Les serveuses hurlent tandis qu'une balle transperce le vieil homme. Il tombe face la première dans sa soupe. Avant que je puisse sortir mon arme ou dire un mot à Mina, son sang éclabousse ses crêpes et son visage choqué.

Elle attrape son arme, se retourne et se lève et puis... juste comme ça, une balle la transperce. Elle trébuche et tombe.

Tout autour de moi semble ralentir, quelques secondes s'étendant à l'infini devant moi, et j'ai la chose la plus proche que j'ai jamais ressentie d'une expérience hors du corps. La carte de la Tour du tarot diffusé la veille de Noël me vient à l'esprit avec l'avertissement de Benjamin Barker... "Dites-lui avant qu'il ne soit trop tard."

Et je comprends soudain exactement ce qu'il voulait dire. Je n'ai jamais dit à Mina que je l'aimais. Pas une fois. J'ai eu un million d'opportunités. Je savais qu'elle voulait l'entendre au motel et je n'arrivais toujours pas à faire sortir ces putains de mots de ma bouche sans valeur.

« Mina ! Mina ! Je crie, réprimant les sanglots qui menacent déjà de m'envahir. Je ne reconnais pas ma propre voix. J'ai l'air d'un animal mourant. Je suis complètement inconscient de ma propre sécurité et de la façon dont je me laisse exposé aux attaques. Je regarde, figé alors que sa main s'ouvre, relâchée, la fourchette avec une bouchée de crêpe aux myrtilles qui roule sur le sol.

Elle ne bouge pas.

Le restaurant est en plein chaos maintenant. L'un des hommes armés s'est rendu dans la cuisine. Un autre élimine la rousse et Dottie. Je ne sais pas où est le troisième, mais celui qui a tiré sur Mina est désormais concentré sur moi. Il sort son magazine et celui-ci résonne sur le sol aux carreaux noirs et blancs. Et soudain, mes instincts se réengagent. Au moment où il a frappé le suivant, j'avais déjà sorti mon arme et commencé à tirer.

Je continue de marcher pendant que je décharge l'arme sur lui. Lorsqu'il est vide, je le laisse tomber, j'en sors un deuxième d'un étui dans mon dos et je continue de tirer. Il est mort, mais je continue de tirer jusqu'à ce que je sois à court de munitions, là aussi.

« Dominique ! » crie l'un des hommes armés, frénétique... faisant écho à la façon dont j'ai prononcé le nom de Mina il y a seulement quelques instants. Et je sais que quelqu'un d'autre que moi a maintenant une vendetta. Eh bien, jouez à des jeux stupides, gagnez des prix stupides. Je ramasse le cadavre et me retourne, prévoyant de l'utiliser pour absorber les tirs, mais l'autre tireur hésite, ne voulant pas mettre plus de balles sur quelqu'un qui lui tient manifestement à cœur.

«Espèce d'enfoiré!» Il crie. Il commence à me précipiter, mais je sors une autre arme d'un étui à la taille de Dominic et je la tire par-dessus l'épaule du mort, éliminant probablement sa seule personne en deuil.

Maintenant, nous n'en sommes plus qu'à deux. Le troisième tireur vient de tirer sur les camionneurs, et alors qu'il se tourne vers moi, je soulève une cafetière remplie de café chaud et la lui lance. Il crie alors que le liquide brûlant le frappe, laisse tomber son arme, je l'attrape et lui tire une balle dans la nuque avant qu'il ne puisse se regrouper. Mack est mort mais Floyd est toujours avec nous... à peine.

«Aidez-moi...» tousse-t-il. Mais le sang sort déjà de sa bouche. Il n'y a aucune aide pour lui. Je lui mets proprement deux balles dans la tête, puis je cherche le dernier tireur.

Il sort de la cuisine couvert de sang. Je me souviens vaguement avoir entendu le cliquetis des casseroles et des poêles dans la cuisine. Hank a riposté vaillamment, semble-t-il. Mais ce n'était pas suffisant. Nous sommes les deux seules âmes vivantes qui restent dans ce restaurant. Et j'ai besoin de réponses tout de suite, putain !

Je suis parfaitement conscient que je ne peux pas tirer sur cet enfoiré, sinon je n'obtiendrai pas ce dont j'ai besoin. Au lieu de cela, je commence à lui lancer des étoiles. Quand j'en manque, je commence à jeter des assiettes de plats chauds, puis à lancer des fourchettes. Je prends un distributeur de serviettes plein et le lui lance. Le bord tranchant le coinça sur l'épaule, le faisant pousser un hurlement de douleur. Si cela lui fait mal, il ferait mieux de se préparer à ce qui va suivre.

Il essaie de me tirer dessus, mais ses tirs manquent et s'écartent énormément alors qu'il essaie de tirer et d'éviter la cascade sans fin de merde que je lui lance en même temps. Finalement, je n'ai plus de petites choses et je commence à lancer des chaises.

Il lâche son arme et décide de se joindre à moi dans un combat d'adultes. Nous balançons des coups de poing, lançons des coups de pied et nous agrippons.

Il attrape un morceau de verre brisé et se jette sur ma gorge, mais je parviens à le tenir éloigné de moi. Il me coupe le visage et s'attaque au côté de mon visage, faisant couler du sang chaud et collant sur ma joue. Je l'étouffe jusqu'à ce qu'il le lâche, reconnaissant qu'il ne meure pas.

Je prends finalement le dessus, je le retourne et le claque sur une table. Cela lui coupe le souffle, et j'en profite pour le débarrasser des armes qui lui restent sur lui, puis je le saisis par le col et le plaque contre le juke-box si fort qu'une pièce de monnaie sort effectivement de la machine. Il tourne plusieurs fois avant de rester à plat et toujours sur le sol.

Je lui lance un autre coup de poing et je lui crie au visage. "Pourquoi? Pourquoi? Putain, pourquoi ? Pourquoi ce restaurant ? Pourquoi nous? Pourquoi elle?"

La réponse logique est qu'ils se vengent de ce soir... que quelqu'un nous a vu. Mais cela ne me semble pas bien. Il n'y a aucun moyen que ces gars-là soient avec ces gars-là. Ils s'habillent et se comportent trop différemment.

Les larmes coulent sur mon visage alors que je lui crie dessus, mais je m'en fiche. Est-ce que c'est ce que l'on ressent en étant humain ? Si c'est le cas, je veux me l'arracher. Je veux redevenir froid et mort intérieurement pour que rien de tel ne puisse plus jamais me toucher.

Je ne peux pas regarder son corps, je ne peux tout simplement pas. Tout cela est de ma faute.

Je relâche suffisamment ma prise pour qu'il puisse parler. Il tousse plusieurs fois puis finit par dire... « L'argent. Le contrat."

"Quel contrat ?" Je grogne.

"Valentino t'a mis un coup pour dix millions de dollars."

C'est le problème de faire chier quelqu'un avec des poches bien plus profondes que le bon sens. Je soupçonnais qu'il avait pu faire quelque chose comme ça lors de la course de Krampus, mais cela ne devrait pas encore être en vigueur sans lui.

« Il est mort », dis-je. "Donc pas de contrat."

Le gars secoue la tête. « Ce n'est pas si simple, Sloan. Il a créé une fiducie et l'argent est séquestre. Peu importe que Dante soit vivant ou mort. Ce contrat est plus gros que lui. Le contrat est ouvert jusqu'à votre mort. Ils vont juste continuer à venir pour toi, espèce d'enfoiré triste et triste.

Je sors mon couteau, celui que j'ai utilisé pour couper les vêtements de Mina il y a une éternité, et je le poignarde à la gorge. Il gargouille et s'agite un instant avant de toucher le sol, son sang se répandant pour se mélanger à tous les autres.

J'aurais dû lui demander comment il nous avait trouvé ici, dans ce restaurant, mais visiblement ils nous surveillaient, ils ont probablement mis un dispositif de localisation sur la voiture. Cela n'a même plus d'importance. «Brian...», dit-elle en larmes. «Je suis ici... je vais bien. Je vais bien. Tout va bien, posez simplement votre arme. Je secoue la tête. "Non. Tu n'es pas réel. Vous ne pouvez pas l'être. Je l'ai vu. Je t'ai vu descendre. Il n'y avait pas de vie en toi. « Retourne-toi, Brian. Tourne-toi et regarde-moi. Je suis désolé de ne pas avoir bougé. Le Kevlar a pris la balle, mais j'ai trébuché et je suis tombé. Et quand je suis descendu, quelque chose en moi m'a dit de rester en bas, alors j'ai écouté pour qu'ils m'oublient et que tu aies une chance... pour que nous ayons tous les deux une chance. Je laisse tomber le chargeur et vide la chambre. Puis je me retourne lentement pour trouver Mina debout, vivante. « J'ai essayé de dire quelque chose après la mort du dernier, mais vous ne m'avez pas entendu. Vous avez simplement continué. Alors j'allais juste attendre, attendre que tu sois à bout de souffle, pour que tu puisses m'entendre. "C'est la sonnerie", dis-je en pointant mon oreille alors que je contourne tous les cadavres et à travers les mares de sang sans fin pour l'atteindre. Quand je m'approche enfin suffisamment, je prends son visage dans mes mains. «Es-tu vraiment réelle, Mina?

Es-tu vraiment là en ce moment ? « Oui, Brian. Je suis là. Je suis vraiment désolé. J'avais peur que si je faisais autre chose, nous finirions tous les deux morts. »

Je lève les yeux vers l'horloge. 11h59. D'une manière ou d'une autre, j'ai perdu la seule chose que j'ai jamais aimée en moins de treize minutes. Mes oreilles bourdonnent encore à cause des tirs trop nombreux dans un si petit espace. J'entends à peine mes propres sanglots, mes propres cris alors que je perds ce qui reste de mon esprit qui s'effiloche rapidement.

Je renverse une table puis je commence à lancer des chaises vers la cuisine. Je casse toutes les putains d'assiettes. Chaque verre. Je lance des fourchettes dans les cabines, puis je commence à les faire glisser sur le vinyle, arrachant l'intérieur comme je veux désespérément arracher le mien. Et je crie comme l'animal blessé et brisé que je suis.

Je prends une des armes et commence à tirer sur les fenêtres, juste pour entendre ce claquement de verre satisfaisant. Et je pense à Mina qui tirait des bouteilles avec moi sur mon stand de tir. Et ça ne fait que me faire pleurer encore plus fort.

Mes oreilles bourdonnent encore à cause de ces derniers coups de feu, et je finis par m'effondrer complètement. Je suis à genoux dans une mare de sang en sanglotant. Ce n'est pas la sienne. Je ne peux toujours même pas la regarder. Je ne peux pas. Je dois faire semblant encore un peu.

« Mina, pourquoi ? Dieu, pourquoi? Pourquoi la prendre ? Elle ne le méritait pas. Cela aurait dû être moi.

Ce devrait être moi. Cela pourrait encore l'être. Cela ne sert plus à rien. Je suis tellement fatigué.

Je récupère une de mes armes que j'ai laissée tomber. Je peux à peine voir à travers mes propres larmes. J'enfonce un nouveau chargeur et je retourne l'arme contre moi. Je n'ai aucune raison d'être ici. Je veux juste être là où elle est. Nous ne pourrions jamais vivre notre bonheur ici. Je suis trop sombre et brisé pour ça... mais peut-être que dans une autre vie, un autre monde... un endroit qui n'est pas cet endroit... Ce monde foutu et malade où des monstres comme moi sont autorisés à courir librement, détruisant la vie des gens, tuant celle des autres. les proches. C'est peut-être mon karma.

Je fais glisser le toboggan, essayant toujours de me débarrasser du bourdonnement dans mes oreilles, essayant de réfléchir... comme si j'avais encore besoin de stratégie. Mes jours de réflexion sont terminés.

"Brian, non!"

Je gèle. Je jure que je l'ai entendue. Mais j'ai peur de me retourner. Si je me retourne et qu'elle est toujours là, sans vie, je ne pourrai pas le supporter.

Je dépose un baiser sur son front, maculant le sang du vieil homme. « Non, tu as fait la bonne chose. Intelligent. Je t'aime. Je t'aime. Je t'aime. Je t'aime."

Je dépose des baisers sur son visage pendant que je lui répète encore et encore les mots que j'aurais dû lui dire il y a longtemps, les mots que je pensais ne pas avoir l'occasion de dire. Le seul sentiment vraiment profond que je puisse ressentir pour quiconque.

Son corset a des crochets sur le devant, et je le décroche soigneusement pour révéler le Kevlar et la balle incrustée et aplatie. Je n'arrive pas à croire ce que je vois.

«Je pense que j'ai un bleu», dit-elle.

"D'où est-ce que sa vient?"

« L'usine de Kevlar », sarcastique-t-elle.

"Vous savez ce que je veux dire."

« Vous m'avez dit d'emporter des gilets supplémentaires. Souviens-toi?"

Je ne m'en souviens pas, mais cela me ressemble. Je ne prends pas la peine de lui dire que je ne porte pas de Kevlar pour le moment. Elle me tuerait putain. Et j'essaie de ne pas laisser mon esprit s'emballer... de penser à quel point j'ai été insouciant de ma propre vie quand je pensais qu'elle était partie. Et si moi, sans protection et stupide, j'étais mort et je l'avais laissée ici pour me pleurer ?

Mais je la tiens simplement dans mes bras pendant que nous nous balançons d'avant en arrière. "Je t'aime", je soupire dans ses cheveux.

"Hé..." dit-elle finalement.

"Ouais?"

"Tu sais ce que nous devons faire maintenant?"

"Qu'est ce que c'est?"

"Je veux dire... si tu m'aimes vraiment..."

"Mina..." je grogne, n'aimant déjà pas où ça va.

Elle se retire de mes bras et traverse le restaurant. Elle se penche juste à côté du juke-box, me donnant une vue ravissante de ses fesses vêtues de cuir, puis elle ramasse la pièce de monnaie sur le sol et la glisse dans la fente à monnaie.

Contre toute attente, la machine s'allume. Elle feuillette les sélections jusqu'à ce qu'elle trouve enfin ce qu'elle cherche. Et je sais exactement ce qu'elle cherche.

Un instant plus tard, la voix de Frank Sinatra commence à chanter My Funny Valentine. Mina me tend le doigt. «Tu dois...»

J'ai poussé un long et lent soupir. Ce restaurant est complètement détruit, jonché de verre brisé, d'armes, de sang et de cadavres. Elle a raison. Nous devons. Je me dirige vers elle et la prends dans mes bras et nous dansons lentement.

"Je t'aime", je répète.

«Je t'aime aussi», dit-elle.

Et puis on s'embrasse sous les cœurs géants en papier rose et rouge criblés de balles.

ÉPILOGUE

MINA

Six jours plus tard.

Je viens de tuer Brian Sloan. Il est étendu dans une mare de sang, tenant son cœur encore battant. OK, en fait, ce n'est pas encore un coup, et ça vient d'un type qu'on vient de tuer, allongé à quelques mètres.

« Cet angle de caméra ne fonctionnera jamais. Et vous êtes dans votre propre lumière », dit Brian.

Il est terriblement bavard pour un cadavre. Les autorités ont condamné la Costuming Company de Benjamin Barker après l'incendie de la veille de Noël. Ils ont fermé le bâtiment à clé et ont tout laissé là. Les camions de pompiers ont dû arriver rapidement cette nuit-là car la majeure partie de la pièce de devant n'avait que des dégâts d'eau. Nous l'avons donc fouillé à la recherche de sang et de maquillage pour que sa poitrine ressemble à une blessure béante.

«Ils ne vont pas croire ça», dis-je en prenant des photos tout en me plaignant. Je veux dire, ça a l'air bien et tout, comme au niveau des films hollywoodiens, nous avons regardé plusieurs didacticiels vidéo. Mais reste.

«Dante est mort. Il avait un ego de la taille d'un camion Mack, alors il s'entourait d'idiots. Ils achèteront n'importe quoi. Nous avons juste besoin du contrat aussi mort que lui pour pouvoir continuer notre vie.

Je soupire et prends quelques photos supplémentaires.

"Ils vont juste penser que vous avez simulé votre propre mort."

« Vous surestimez le pouvoir de réflexion des crétins qui travaillaient pour Dante, même dans des emplois administratifs comme celui-ci. Tout le monde détestait Valentino, et je parierais qu'ils veulent juste se retirer de tout ça. Personne ne veut continuer à travailler pour ce connard même après sa mort. L'ensemble de son syndicat s'est dispersé et est occupé à construire son propre empire criminel. Ils seront tous trop occupés à se disputer le pouvoir et à savoir qui pourra s'asseoir sur le trône de fer pour penser à moi.

Il s'est avéré que Dante n'a pas seulement engagé une équipe pour éliminer Brian, il a engagé toute la pègre, tout un réseau de tueurs divers et d'opportunistes. Je veux dire, pas comme dans le monde entier, ou quoi que ce soit, juste « notre monde souterrain ». Ce réseau s'étend effectivement en dehors de notre propre ville, mais ce n'est pas comme si tous les tueurs à gages du monde appartenaient au même club et connaissaient les mêmes personnes.

Mais il s'agissait d'un contrat ouvert, et avec l'argent en dépôt, la seule chose qui devait arriver était que les conditions devaient être remplies... par n'importe qui. Nous les remplissons donc.

Une fois que Brian a approuvé les photos, je les envoie sur le dark web à la personne chargée de gérer toute cette sordide affaire. La réponse est étonnamment rapide. Et juste comme ça, dix millions de dollars supplémentaires sont transférés sur l'un des comptes offshore de Brian.

Pas étonnant que les gens soient prêts à tout risquer pour s'en prendre à lui. C'est le contrat le plus élevé dont j'ai entendu parler.

"Eh bien, c'était facile", dis-je, n'y faisant toujours pas confiance.

Nous nous débarrassons du corps du pauvre voyou aléatoire que nous avons utilisé comme cœur et retournons à la maison. Tout le monde regarde la fausse blessure béante à la poitrine de Brian.

Gabe a l'air le plus inquiet de tous ceux qui se trouvent dans la maison, suivi de Julie, mais elle est du genre gentille et se soucie de tout, des petits chiots aux carcajous.

"Ça va?" » demande Gabe, semblant réellement inquiet. Je t'ai dit qu'il se passait toute une histoire de bromance là-bas.

« Ce n'est que du maquillage », dis-je aux habitants de la maison rassemblés.

"Eh bien, c'est malheureux", dit Lindsay.

« Oh vraiment, Doc ? Tu penses que tu peux diriger cette maison sans moi ? J'appelle votre bluff. Mina et moi partons en vacances, à compter de maintenant. Nous serons absents pendant six mois, donc si tu as besoin de moi, tu peux tout de suite foutre le camp et sortir tes propres poubelles.

Maintenant, je suis bouche bée devant Brian. Il ne prend pas de vacances. Je veux dire, je savais que nous allions devoir faire profil bas pendant un moment jusqu'à ce que la rumeur se répande dans le monde souterrain que le contrat était mort, mais Brian n'a jamais pris de vacances depuis qu'il est associé dans cette maison.

"T-Tu ne peux pas faire ça", balbutie Lindsay. "Tu ne peux pas partir aussi longtemps."

Brian lève un sourcil. « Avec toutes les années que je suis ici, j'ai accumulé du temps de vacances. Tout le monde dans cette maison sauf moi a pris des vacances. Alors bonne chance à vous.

« Mais comment pouvons-nous vous joindre en cas d'urgence ? »

« Je suppose que vous devrez accepter la réalité de ma mort prématurée, Doc. Je ne serai pas joignable. Alors tu ferais mieux d'espérer qu'il n'y a pas d'urgence.

Nous faisons nos valises et affrétons un avion privé vers une île inconnue où nous séjournons dans la meilleure suite disponible dans un complexe de luxe cinq étoiles. Nous buvons du Mai Tais, nous allongeons sur la plage, baisons dans l'océan, dansons sous les étoiles et profitons de la vie nocturne pendant six mois incroyables.

Comme un couple normal.

D'accord, peut-être que les couples normaux n'ont pas l'occasion de partir en vacances de luxe sur une île tropicale pendant six mois, mais ma logique est solide.

Nous sommes allongés sur la plage à la fin de notre voyage lorsque je lui pose enfin la question qui me trotte dans la tête depuis des semaines. « Alors, Brian Sloan est-il vraiment mort ?

Il rit. "Le monde le souhaite."

"Vas-tu au moins utiliser un nom différent ?"

"Absolument pas. J'ai passé beaucoup trop de temps à bâtir la réputation de Sloan pour jeter tout ça maintenant. »

"Mais... le contrat..." Dans mon esprit, si une personne faisait un énorme coup à Brian, n'importe qui pourrait le faire.

Il boit une gorgée de son verre et me tient la main dans la sienne. "C'était juste l'argent, bébé, et l'argent a disparu."

Techniquement, ce n'est pas parti. Nous n'avons pas tout dépensé pour ces vacances, mais la majeure partie. Cela a été assez épique. Merci, Dante.

« L'argent a disparu, le contrat est mort, la nouvelle s'est répandue. Je mettrai quelques sondes à notre retour, mais tout devrait bien se passer », dit Brian.

J'aurais aimé être à moitié aussi confiant que lui.

« Hé », dit-il, une lueur diabolique venant dans ses yeux. "Marrions nous."

Je ris. « Bien sûr, Brian. Marrions nous."

"Je suis sérieux. Ce sera notre secret. Je veux... »

Et c'est là que les mots lui manquent. Parce que c'est Brian, et les émotions et les exprimer sont difficiles pour lui. Je n'arrive toujours pas à croire qu'il m'a finalement dit qu'il m'aimait. Mais je sais ce qu'il veut dire. Il veut les mêmes choses que moi : être liés ensemble de toutes les manières possibles, être une équipe de toutes les manières qui existent, qu'une entité juridique nous reconnaisse comme réels et pour toujours.

Ce n'est pas la proposition la plus romantique, mais encore une fois, cela se produit à la fin des vacances insulaires les plus incroyables de ma vie – et soyons réalistes, les seules vacances insulaires de ma vie – du moins jusqu'à présent.

«Je t'épouserai à une condition», dis-je.

"Nomme le. Je t'apporterai la tête de qui tu veux. Le cœur aussi », dit-il en me faisant un clin d'œil.

Mais j'ai le seul cœur dont j'ai besoin. Son.

"Ma condition," dis-je, "est-ce que tu dois m'amener ici chaque année pendant deux semaines pour notre anniversaire."

"Lindsay va détester ça", dit Brian.

"Baise-le", dis-je.

« Mes pensées exactement. Vous avez un marché, Killer.

Nous faisons nos valises et disons au revoir à la station, puis nous nous envolons pour Paris. Il est minuit et nous sommes seuls avec un prêtre et un témoin dans la Sainte Chapelle éclairée aux chandelles lorsque nous prononçons nos vœux à voix basse qui résonnent dans toute la cathédrale royale gothique. Brian porte un costume et je porte une simple robe blanche. Je ne veux même pas penser à combien d'argent il a fallu pour faire bouger ça. Ce n'est pas comme si les gens pouvaient simplement venir se marier ici quand ils le voulaient.

En premier lieu, la cathédrale est située dans le Palais médiéval de la Cité, un palais de justice en activité, nous avons donc dû passer par la sécurité de l'aéroport, même après les heures d'ouverture, juste pour franchir la porte. Je pense que Brian a beaucoup plus de relations qu'il ne le laisse entendre.

La Sainte Chapelle a été construite en 1248 et compte 1 113 vitraux. Brian est vraiment plus romantique que n'importe quel sociopathe n'a le droit de l'être. La cathédrale possède également une fenêtre ronde géante appelée La Rose de l'Apocalypse, qui, soyons honnêtes, est probablement l'endroit le plus approprié pour Brian et moi pour échanger nos vœux, tout bien considéré.

Lorsque nous signons l'acte de mariage, je baisse les yeux et j'apprends pour la première fois le vrai nom de famille de mon mari.

« Êtes-vous prête pour notre bonheur pour toujours, Mme Donovan ?

"Je suis juste content que nous en ayons un." Je sais déjà dans quel tiroir de la salle d'armes je mettrai notre copie de l'acte de mariage en rentrant à la maison.

Il me donne un de ces baisers à faire fondre les culottes – comme ceux qui n'existent que dans les films – et nous sortons de la cathédrale main dans la main, prêts à botter des culs et à prendre des noms, secrètement, officiellement et légalement, en équipe.

* * *

Don't miss out!

Visit the website below and you can sign up to receive emails whenever Père Lolo publishes a new book. There's no charge and no obligation.

https://books2read.com/r/B-A-WAWIB-PADHD

Connecting independent readers to independent writers.

Did you love *Ma Violente Valentine*? Then you should read *Une épouse pour un milliardaire*[1] by Père Lolo!

Matteo Benenati a passé sa vie entourée de richesse et de privilèges. Il est superficiel, égoïste, blasé – et il aime ça.

Lorsque l'audacieuse étudiante américaine en art Riley Tremaine fait irruption dans sa vie, sa lumière l'oblige à examiner les endroits sombres de son âme, ceux qu'il pensait avoir enterrés avec son père. Il sait qu'il devrait la laisser partir... mais il n'a jamais prétendu être un homme bon.

Lorsque Matteo est opposé à sa demi-soeur sans scrupules Emilia Guerra dans une tentative de conquérir l'empire de son défunt père, il doit choisir entre l'honneur et le vice. Ayant besoin d'une femme – et désespéré de la posséder – Matteo fait à Riley une offre qu'elle ne peut

---

1. https://books2read.com/u/bOpqVE

2. https://books2read.com/u/bOpqVE

refuser. Elle sera son épouse – dans tous les sens du terme – afin qu'il puisse protéger son héritage.

Mais Matteo apprend vite que l'âme d'Emilia est encore plus sombre que la sienne. Et en épousant Riley, il a fait d'elle un pion dans une lutte de pouvoir qui pourrait briser leur monde.

Also by Père Lolo

Échos de passion
Une épouse pour un milliardaire
Le Passager Clandestin
Mauvais avec l'amour
Steve du Nouvel An
Ma Violente Valentine